GEORGES SIMENON
WERKE

Georges Simenon

Maigret und die alte Dame

Titel der Originalausgabe: „Maigret et la vieille dame“

Aus dem Französischen übertragen von Renate Nickel

ISBN 2-8302-0379-8
(Erschienen beim Diogenes Verlag: ISBN 3-257-20503-1)

17 052 003 (3)

1

Die Herrin von »La Bicoque«

Er stieg in Bréauté-Beuzeville mit seinem unfreundlichen Bahnhof aus dem Schnellzug Paris – Le Havre aus. Er war schon um fünf Uhr aufgestanden und hatte, da er kein Taxi bekommen hatte, mit der ersten Métro zum Bahnhof Saint-Lazare fahren müssen. Jetzt wartete er auf den Anschlußzug.

»Der Zug nach Etretat bitte?«

Es war schon nach acht Uhr morgens und seit langem hell, aber hier bei dem Nieselregen und der naßkalten Luft sah es aus, als dämmere es gerade.

Am Bahnhof gab es weder ein Restaurant noch eine Wirtschaft, nur eine Art Kneipe auf der Straßenseite gegenüber, vor der die Karren der Viehhändler standen.

»Nach Etretat? Da haben Sie noch Zeit. Da hinten steht Ihr Zug.«

Ganz am Ende des Bahnsteigs stand ein Zug ohne Lokomotive mit Wagen alter Bauart in einem Grün, das ihm ungewohnt vorkam. Hinter den Scheiben sah man einige Reisende bewegungslos sitzen, als ob sie schon seit einem Tag hier warteten. Alles hatte etwas Unwirkliches an sich und erinnerte an ein Spielzeug, an eine Kinderzeichnung.

Eine Familie – das konnten nur Pariser sein! – lief und lief, Gott weiß warum, sprang über die Gleise, stürzte auf den Zug ohne Lokomotive los; die drei Kinder hielten Krabbennetze in den Händen.

Dieser Anblick löste bei ihm Erinnerungen an früher aus. Für einen Augenblick vergaß Maigret sein Alter und meinte, obwohl er mindestens zwanzig Kilometer davon entfernt war, den Geruch des Meeres in der Nase zu haben und das gleichmäßige Rauschen der Wellen zu hören. Er schaute zum Himmel und betrachtete beinahe andächtig die Regenwolken, die vom offenen Meer kamen.

Denn er war weit weg vom Meer im Landesinneren geboren und aufgewachsen und daher verband sich mit dem Meer die Vorstellung von Krabbennetzen, einer Spielzeugeisenbahn, Männern in Flanellhosen, Sonnenschirmen am Strand, Muschel- und Andenkenverkäufern, Bistros, in denen man Weißwein trank und dazu Austern schlürfte, und Familienpensionen, die alle denselben Geruch hatten, einen unverwechselbaren Geruch, Familienpensionen, in denen Madame Maigret sich nach einigen Tagen so unglücklich fühlte, weil sie nichts tun konnte, so daß sie am liebsten beim Geschirrspülen geholfen hätte.

Obwohl er natürlich genau wußte, daß es nicht stimmte, hatte er jedesmal, wenn er ans Meer kam, die Vorstellung, sich in einer künstlichen, unwirklichen Welt zu bewegen, in der nichts Schlimmes geschehen konnte.

In seiner Laufbahn hatte er mehrmals Ermittlungen an der Küste angestellt und war dabei auf echte Tragödien gestoßen. Diesmal jedoch mußte er, als er an der Theke einer Kneipe seinen Calvados hinunterspülte, fast lächeln über die alte Dame namens Valentine und ihren Stiefsohn Besson.

Es war im September, genau am Mittwoch, den 6. September. Auch in diesem Jahr hatte er noch keinen Urlaub nehmen können. Tags zuvor war gegen elf Uhr der alte Pförtner in sein Büro am Quai des Orfèvres gekommen und hatte ihm eine schwarzumrandete Visitenkarte hingehalten.

Witwe Madame Ferdinand Besson
La Bicoque
Etretat.

»Will sie mich persönlich sprechen?«

»Sie besteht darauf, Sie zu sehen, und sei es auch nur für einen Augenblick. Sie sagt, sie sei extra aus Etretat hergekommen.«

»Wie ist sie?«

»Sie ist eine alte Dame, eine reizende alte Dame.«

Er ließ sie hereinkommen, und sie war tatsächlich die reizendste alte Dame, die man sich vorstellen konnte, klein und zierlich, mit rosigem Teint und feinen Gesichtszügen unter schlohweißen Haaren. In ihrer lebhaften und anmutigen Art wirkte sie eher wie eine Schauspielerin, die eine alte Gräfin zu spielen hatte, als eine richtige alte Dame.

»Sie kennen mich wahrscheinlich nicht, Herr Kommissar, um so mehr weiß ich es zu schätzen, wenn Sie mich empfangen, denn ich kenne Sie sehr gut, weil ich jahrelang Ihre spannenden Fälle mitverfolgt habe. Wenn Sie mich besuchen, wie ich hoffe, könnte ich Ihnen sogar ganze Stapel Zeitungsausschnitte zeigen, in denen von Ihnen die Rede ist.«

»Sehr liebenswürdig.«

»Mein Name ist Valentine Besson, ein Name, der Ihnen wahrscheinlich nichts sagt, aber vielleicht wissen Sie, wer ich bin, wenn ich dazusage, daß mein Mann, Fernand Besson, der Erfinder der *Juva*-Artikel war.«

Maigret war alt genug, um sich an dieses Wort *Juva* erinnern zu können. Als er klein war, hatte er es im Anzeigenteil der Zeitungen und auf Reklamewänden gelesen; auch glaubte er sich zu entsinnen, daß seine Mutter *Juva*-Creme benutzte, wenn sie groß ausging. Die alte Dame ihm gegenüber war mit ausgesuchter, ein wenig altmodischer Eleganz gekleidet und mit einer Unmenge Schmuck behängt.

»Seit dem Tod meines Mannes vor nun fünf Jahren lebe ich allein in einem kleinen Haus in Etretat, das mir gehört. Genauer gesagt, bis Sonntag abend lebte ich dort allein mit einem Hausmädchen, das schon mehrere Jahre bei mir angestellt war und aus der Gegend stammte. Sie ist in der Nacht von Sonntag auf Montag gestorben, Herr Kommissar; sie ist sozusagen an meiner Stelle gestorben, und deswegen bin ich hergekommen, um Sie um Ihre Mithilfe zu bitten.« Sie sprach ohne jedes Pathos. Mit einem feinen Lächeln schien sie sich eher für die tragischen Ereignisse zu entschuldigen, von denen sie berichtete.

»Ich bin nicht verrückt, seien Sie unbesorgt. Ich bin auch nicht das, was man gemeinhin eine verrückte Alte nennt. Wenn ich sage, daß Rose – so hieß mein Dienstmädchen – für mich gestorben ist, bin ich einigermaßen sicher, daß ich mich nicht täusche. Erlauben Sie mir, den Hergang in einigen Worten zu berichten?«

»Ich bitte darum.«

»Seit über zwanzig Jahren pflege ich jeden Abend ein Schlafmittel zu nehmen, denn ich leide an Schlaflosigkeit. Die Tropfen schmecken ziemlich bitter, der Geschmack wird jedoch durch einen starken Aniszusatz gemildert. Ich kenne mich in diesen Sachen aus, denn mein Mann war Apotheker.

Wie an allen anderen Abenden auch, stellte ich am Sonntag das Glas mit der Medizin hin, und Rose war bei mir, als ich schon im Bett lag und sie einnehmen wollte.

Ich trank einen Schluck und fand den Geschmack bitterer als gewöhnlich.

›Ich habe wohl mehr als zwölf Tropfen genommen, Rose, ich trinke es nicht aus.‹

›Gute Nacht, Madame!‹

Sie trug das Glas wie immer hinaus. Packte sie die Neugier und probierte sie? Hat sie es ganz ausgetrunken? Letzteres ist anzunehmen, denn man fand das leere Glas in ihrem Zimmer.

In der Nacht, so um zwei Uhr morgens, wurde ich von Stöhnen wach. Die Villa ist nämlich nicht groß. Ich stand auf und ging zu meiner Tochter, die ebenfalls aufgestanden war.«

»Ich dachte, Sie lebten allein mit Ihrem Dienstmädchen?«

»Am Sonntag war der 3. September und ich hatte Geburtstag. Meine Tochter war aus Paris gekommen und blieb über Nacht.

Ich will Sie nicht länger hinhalten, Herr Kommissar.

Als wir an Roses Bett kamen, lag sie schon im Sterben. Meine Tochter benachrichtigte Dr. Jolly, doch als er kam, war Rose schon unter den für eine Vergiftung typischen Krämpfen gestorben. Der Arzt stellte sofort fest, daß sie mit Arsen vergiftet worden war. Da sie nicht zu den Mädchen gehört, die Selbstmord begehen, und sie genau dasselbe wie wir gegessen hat, liegt es eigentlich auf der Hand, daß das Gift sich in dem Medikament befand, das für mich bestimmt war.«

»Haben Sie einen Verdacht, wer ein Interesse an Ihrem Tod haben könnte?«

»Wen soll ich verdächtigen? Dr. Jolly, ein alter Freund des Hauses, der früher auch meinen Mann behandelte, rief die Polizei in Le Havre an, und Montag früh kam dann ein Inspektor.«

»Wissen Sie, wie er heißt?«

»Inspektor Castaing. Dunkle Haare, rotes Gesicht.«

»Ich kenne ihn. Was sagt er dazu?«

»Er sagt gar nichts. Er fragt die Leute in der Gegend aus. Die Leiche wurde nach Le Havre zur Autopsie gebracht.«

Sie wurde vom Läuten des Telefons unterbrochen. Maigret nahm den Hörer ab. Der Direktor des Palais de Justice war am Apparat.

»Könnten Sie einen Augenblick in mein Büro kommen, Maigret?«

»Sofort?«

»Wenn's geht.«

Er entschuldigte sich bei der alten Dame. Der Chef erwarte ihn.

»Würde es Sie reizen, einige Tage am Meer zu verbringen?«

Worauf Maigret wie von ungefähr sagte:

»In Etretat?«

»Sie wissen schon Bescheid?«

»Ich weiß nicht. Reden Sie weiter.«

»Ich habe soeben einen Anruf vom Minister erhalten. Kennen Sie einen Charles Besson?«

»Auch einer von den *Juva*-Cremes?«

»Nicht ganz. Es handelt sich um seinen Sohn, Charles Besson; er wohnt in Fécamp und wurde vor zwei Jahren zum Abgeordneten von Seine-Inférieure gewählt.«

»Und seine Mutter lebt in Etretat?«

»Sie ist nicht seine Mutter, sondern seine Stiefmutter. Sie ist die zweite Frau seines Vaters. Hören Sie, alles, was ich Ihnen hier erzähle, habe ich eben erst am Telefon erfahren. Charles Besson hat sich nämlich an den Minister gewandt, um durchzusetzen, daß Sie sich mit einem Fall in Etretat befassen, obwohl dieser gar nicht in Ihren Zuständigkeitsbereich fällt.«

»Die Hausgehilfin seiner Stiefmutter wurde in der Nacht von Sonntag auf Montag vergiftet.«

»Lesen Sie die Zeitungen aus der Normandie?«

»Nein. Die alte Dame sitzt in meinem Büro.«

»Um Sie ebenfalls zu fragen, ob Sie nach Etretat kommen?«

»Genau. Sie ist extra deswegen hergefahren, was zu der Überlegung Anlaß gibt, daß sie von dem Vorgehen ihres Stiefsohnes keine Ahnung hat.«

»Was werden Sie tun?«

»Das hängt von Ihnen ab, Chef.«

Deshalb stieg Maigret am Mittwoch, kurz nach halb neun Uhr morgens in Bréauté-Beuzeville schließlich in einen Zug, den man kaum als solchen bezeichnen konnte, so klein war er; er lehnte sich aus dem Wagenfenster, um das Meer zu sehen, sobald es auftauchen würde.

Der Himmel hellte sich auf, je mehr man sich dem Meer näherte, und erstrahlte in leuchtendem Blau mit nur vereinzelten leichten, weißen Wölkchen, als der Zug die hügeligen Weiden hinter sich gelassen hatte.

Maigret hatte tags zuvor bei der Brigade Mobile in Le Havre angerufen, um Inspektor Castaing von seiner Ankunft zu unterrichten, aber er schaute umsonst nach ihm aus. Frauen in Sommerkleidern und halbnackte Kinder gaben dem Bahnsteig eine fröhliche Note. Der Bahnhofsvorsteher musterte etwas ratlos die Reisenden und ging auf den Kommissar zu:

»Sind Sie zufällig Monsieur Maigret?«

»Zufällig ja.«

»Dann habe ich eine Nachricht für Sie.«

Er gab ihm einen Umschlag. Castaing schrieb ihm:

»Entschuldigen Sie, wenn ich nicht da bin, um Sie zu begrüßen. Ich bin auf der Beerdigung in Yport. Ich empfehle Ihnen das Hôtel des Anglais und hoffe, bis zum Mittagessen zurück zu sein. Ich werde Ihnen dann alles berichten.«

Es war erst zehn Uhr morgens, und Maigret, der nur einen leichten Koffer bei sich hatte, ging zu Fuß in das am Strand gelegene Hotel.

Aber bevor er hineinging, wollte er trotz seinem Koffer das Meer und die weißen Klippen an beiden Enden des

Kiesstrands sehen; Jungen und Mädchen vergnügten sich in den Wellen, andere spielten hinter dem Hotel Tennis; in den Strandkörben saßen Mütter und strickten, und am Strand gingen gemächlich ältere Paare.

Als er aufs Gymnasium ging, hatte er jedes Jahr gesehen, wie die Kameraden aus den Ferien zurückkamen, braungebrannt, voller Erlebnisse und mit Muscheln in den Hosentaschen. Er verdiente schon, als er zum ersten Mal das Meer erblickte.

Es stimmte ihn etwas traurig, daß er nicht mehr dieses erregende Gefühl bei sich feststellte und den blendend weißen Schaum der Wellen ebenso gleichgültig wahrnahm wie den Bademeister mit seinen nackten tätowierten Armen in seinem Boot, das von Zeit zu Zeit hinter einer großen Welle verschwand.

Der Geruch im Hotel war genau, wie er ihn in Erinnerung hatte, und auf einmal fehlte ihm Madame Maigret, mit der zusammen er diesen Geruch immer geschnuppert hatte.

»Wollen Sie länger bleiben?« wurde er gefragt.

»Ich weiß noch nicht.«

»Ich frage deshalb, weil wir am 15. September schließen und heute schon der 6. ist.«

Alles wäre dann geschlossen wie ein Theater, die Andenkenstände, die Konditoreien; überall wären die Jalousien heruntergelassen, und der verwaiste Strand gehörte dann wieder dem Meer und den Möwen.

»Kennen Sie Madame Besson?«

»Valentine? Gewiß kenne ich sie. Sie stammt aus der Gegend hier. Sie ist hier geboren, wo ihr Vater Fischer war. Als Kind habe ich sie nicht gekannt, weil ich jünger als sie bin, aber ich sehe sie noch vor mir als Verkäuferin bei den Geschwistern Seuret. Eine der beiden Schwestern ist gestorben, die andere lebt noch. Sie ist 92 Jahre alt; ihr Haus steht gleich neben dem von Valentine, mit einem blauen Gartenzaun. Dürfte ich Sie bitten, diesen Zettel auszufüllen?«

Der Geschäftsführer – vielleicht war es auch der Besitzer – las ihn durch und schaute Maigret neugierig an:

»Sind Sie der Maigret von der Polizei? Und Sie kommen extra aus Paris wegen dieser Geschichte?«

»Inspektor Castaing ist hier abgestiegen, nicht?«

»Das heißt, er nimmt seit Montag meistens die Mahlzeiten hier ein, aber abends fährt er nach Le Havre zurück.«

»Ich erwarte ihn.«

»Er ist auf der Beerdigung in Yport.«

»Ich weiß.«

»Glauben Sie, daß man wirklich versucht hat, Valentine zu vergiften?«

»Ich hatte noch nicht genug Zeit, um mir ein Bild zu machen.«

»Wenn es stimmen sollte, kann es nur jemand aus der Familie gewesen sein.«

»Sprechen Sie von ihrer Tochter?«

»Ich spreche von niemand im besonderen. Ich weiß nichts. Letzten Sonntag waren viele Leute in La Bicoque. Und ich wüßte nicht, wer Valentine hier in der Gegend nicht gut gesonnen wäre. Sie können sich ja nicht vorstellen, wieviel Gutes diese Frau getan hat, als sie zu Lebzeiten ihres Mannes noch über die Mittel verfügte. Sie tut es immer noch, und obwohl sie nicht reich ist, denkt sie nur ans Geben. Es ist eine häßliche Geschichte, glauben Sie mir; Etretat war immer ein ruhiges Plätzchen; wir haben uns immer um ein ausgesuchtes Publikum bemüht, vor allem um Familien mit einem bestimmten gesellschaftlichen Niveau. Ich könnte Ihnen da Namen nennen ...«

Maigret bummelte lieber in den sonnigen Straßen herum; auf der Place de la Mairie las er über einem Schaufenster: ›Konditorei Maurin – ehemaliges Haus Seuret‹.

Er fragte einen Laufjungen nach dem Weg nach La Bicoque; die Straße stieg in Serpentinen sanft zum Hügel an, auf dem vereinzelt Landhäuser mit Gärten standen. Er blieb in einiger Entfernung vor einem im Grünen versteckten Haus stehen, aus dessen Kamin langsam der Rauch in den blaßblauen Himmel stieg. Als er ins Hotel zurückkam, war Inspektor Castaing bereits da; sein kleiner Simca stand vor der Tür, er selbst wartete oben an der Treppe.

»Hatten Sie eine gute Reise, Herr Kommissar? Es tut mir leid, daß ich nicht an den Bahnhof kommen konnte. Ich habe mir gedacht, es wäre ganz interessant, bei der Beerdigung dabeizusein. Wenn es stimmt, was man sich so erzählt, ist das auch Ihre Methode.«

»Wie war sie?«

Sie gingen am Meer entlang.

»Ich weiß nicht recht. Ich möchte eigentlich sagen: nicht so gut. Irgend etwas Bedrohliches lag in der Luft. Die Leiche der Kleinen wurde heute morgen von Le Havre überführt, die Eltern warteten am Bahnhof mit einem Lieferwagen, der sie nach Yport brachte. Es handelt sich um die Familie Trochu. Sie werden noch von ihr hören. Es wimmelt hier von Trochu, beinahe alle sind Fischer. Der Vater war lange bei den Heringsfischern in Fécamp dabei, so wie heute die beiden ältesten Söhne. Rose war die älteste der Mädchen. Es sind noch zwei oder drei, eine von ihnen arbeitet in einem Café in Le Havre.«

Castaing hatte dichtes Haar, eine niedrige Stirn und verfolgte seine Gedankengänge mit der gleichen Verbissenheit, mit der er den Pflug geschoben hätte.

»Ich bin nun seit sechs Jahren in Le Havre und kenne die Gegend wie meine Westentasche. Vor allem auf den Dörfern, die früher zu einem Schloß gehörten, trifft man noch Leute, die ehrerbietig und untertänig sind und von ›unserer Herrschaft‹ reden. Andere sind unfreundlich und abweisend, manchmal sogar aufsässig. Ich bin mir noch nicht sicher, zu welcher Kategorie die Trochu gehören, doch heute morgen war die Stimmung um Valentine Besson eher frostig, um nicht zu sagen, beinahe feindlich.«

»Gerade wurde mir versichert, daß sie in Etretat sehr verehrt wird.«

»Yport ist nicht Etretat. Und *die* Rose – wie sie hier genannt wurde – ist tot.«

»War die alte Dame bei der Beerdigung?«

»Ganz vorne. Manche nennen sie die Schloßherrin, vielleicht weil sie früher ein Schloß in der Orne oder der Sologne besaß, ich weiß nicht mehr genau. Waren Sie schon bei ihr?«

»Sie hat mich in Paris aufgesucht.«

»Sie hatte mir zwar gesagt, daß sie nach Paris fährt,

aber ich wußte nicht, daß es mit Ihnen zusammenhing. Was halten Sie von ihr?«

»Noch nichts.«

»Sie war ungeheuer reich. Jahrelang hatte sie ihr eigenes Stadthaus in der Avenue d'Iéna, ihr Schloß, ihre Yacht, und La Bicoque war nur ein Absteigequartier.

Sie fuhr dort immer in einer großen Limousine mit Chauffeur vor, im zweiten Auto folgte das Gepäck. Wenn sie sonntags die Messe besuchte und in der ersten Reihe saß (sie hat immer noch ihre Bank in der Kirche), erregte sie immer Aufsehen; sie teilte das Geld mit vollen Händen aus. Wenn jemand in finanziellen Schwierigkeiten war, hieß es immer:

›Geh doch zu Valentine.‹

Denn viele, vor allem die älteren, nennen sie noch so.

Heute morgen kam sie mit dem Taxi nach Yport, genau so wie sie früher aus ihrem Auto stieg, und es sah aus, als führe sie den Trauerzug an. Sie hatte einen riesigen Kranz mitgebracht, der alle anderen in den Schatten stellte.

Vielleicht habe ich mich getäuscht, aber ich hatte den Eindruck, als ob die Trochu sehr erregt waren und sie schief anblickten. Sie legte Wert darauf, allen ihr Beileid auszudrücken, der Vater streckte seine Hand nur widerwillig aus und schaute sie dabei nicht an. Einer seiner Söhne, Henri, der älteste, drehte ihr demonstrativ den Rücken zu.«

»War die Tochter von Madame Besson auch dabei?«

»Sie fuhr Montag mit dem Nachmittagszug nach Paris zurück. Ich hatte keinen Grund, sie hier festzuhalten. Sie haben sicher schon gemerkt, daß ich völlig im dunkeln tappe. Ich glaube aber, daß wir sie noch einmal vernehmen müssen.«

»Wie sieht sie aus?«

»So wie ihre Mutter in ihrem Alter, das heißt mit 38 Jahren ausgesehen haben muß. Man könnte sie für 25 halten. Sie ist klein und zierlich, sehr hübsch, mit auffallend großen Augen, die fast nie ihren kindlichen Ausdruck verlieren. Trotzdem war in der Nacht von Sonntag auf Montag ein Mann, und zwar nicht ihr Ehemann, in ihrem Zimmer in La Bicoque.«

»Hat sie Ihnen das erzählt?«

»Ich habe es herausbekommen, aber zu spät, um sie nach Einzelheiten zu fragen. Ich muß Ihnen das alles der Reihe nach erzählen. Die Angelegenheit ist viel komplizierter, als es den Anschein hat. Ich mußte mir Notizen machen. Erlauben Sie?«

Er holte aus seiner Tasche ein hübsches Notizbuch aus rotem Leder, das wenig Ähnlichkeit aufwies mit dem abgegriffenen Merkbuch, das Maigret gewöhnlich benutzte.

»Wir wurden Montag morgen um 7 Uhr in Le Havre benachrichtigt. Als ich um acht Uhr ins Büro kam, fand ich einen Zettel auf meinem Schreibtisch vor. Ich setzte mich in den Simca und war kurz nach neun hier. Charles Besson war kurz vor mir angekommen.«

»Wohnt er in Fécamp?«

»Er hat dort ein Haus, in dem seine Familie das ganze Jahr über wohnt; seit er aber zum Abgeordneten gewählt wurde, hält er sich zeitweise auch in Paris auf, wo er in einem Hotel am Boulevard Raspail ein Appartement gemietet hat. Dort hat er den ganzen Sonntag mit seinen Angehörigen verbracht, das heißt mit seiner Frau und seinen vier Kindern.«

»Er ist nicht Valentines Sohn, oder?«

»Valentine hat keinen Sohn, sondern nur eine Tochter, Arlette, von der ich Ihnen erzählt habe; sie ist mit einem Zahnarzt verheiratet und lebt in Paris.«

»War der Zahnarzt am Sonntag auch hier?«

»Nein, Arlette kam allein. Ihre Mutter hatte Geburtstag. Es ist anscheinend Tradition in der Familie, sie an diesem Tag zu besuchen. Als ich sie fragte, mit welchem Zug sie gekommen sei, sagte sie, mit dem Vormittagszug, demselben, den Sie genommen haben. Sie werden gleich sehen, daß dies nicht stimmt. Als erstes durchsuchte ich am Montag, gleich nachdem die Leiche nach Le Havre überführt worden war, alle Räume des Hauses. Das war ein ziemliches Stück Arbeit, denn das Haus ist zwar klein und nett, aber verwinkelt und voll von zerbrechlichem Hausrat und Nippsachen.

Außer dem Zimmer Valentines und dem Zimmer des Mädchens, die beide im ersten Stock liegen, gibt es nur noch ein Gästezimmer im Erdgeschoß, in dem Arlette schlief. Als ich den Nachttisch verrückte, fand ich ein Männertaschentuch, und ich hatte den Eindruck, daß die junge Frau, die mir zusah, plötzlich sehr erregt war. Sie hat es mir hastig aus der Hand gerissen.

›Jetzt habe ich schon wieder ein Taschentuch von meinem Mann genommen!‹ Ich weiß nicht warum, aber erst abends ist mir der eingestickte Buchstabe, ein H, wieder eingefallen. Arlette war gerade abgereist. Ich hatte ihr angeboten, sie in meinem Wagen zum Bahnhof zu bringen, und ich sah, wie sie ihre Fahrkarte am Schalter löste. Es ist dumm, ich weiß es. In dem Augenblick, in dem ich ins Auto stieg, fiel mir auf, daß sie keine Rückfahrkarte hatte. Ich ging in den Wartesaal und fragte den Kontrolleur an der Sperre: ›Ist diese Dame Sonntag morgen mit dem Zehn-Uhr-Zug angekommen?‹

›Welche Dame?‹

›Die ich eben hergebracht habe.‹

›Madame Arlette? Nein.‹

›Ist sie nicht am Sonntag angekommen?‹

›Sie ist vielleicht am Sonntag angekommen, aber nicht mit dem Zug. Ich habe die Fahrkarten selber eingesammelt, da hätte ich sie doch wiedererkannt.‹«

Castaing schaute Maigret etwas beunruhigt an.

»Hören Sie mir zu?«

»Aber ja, aber ja.«

»Erzähle ich Ihnen vielleicht unwichtige Einzelheiten?«

»Aber nein. Ich muß mich nur erst an alles gewöhnen.«

»An was?«

»An alles, an den Bahnhof, an Arlette, Valentine, den Mann, der die Fahrkarten abnimmt, an die Trochu. Gestern noch wußte ich von all dem überhaupt nichts.«

»Als ich nach La Bicoque zurückkam, fragte ich die alte Dame nach dem Namen ihres Schwiegersohnes. Er heißt Julien Sudre, beide Worte beginnen nicht mit H. Ihre beiden Stiefsöhne heißen Théo und Charles Besson. Nur der Gärtner, der drei Tage in der Woche bei ihr arbeitet, heißt Honoré; aber erstens war er am Sonntag nicht da, zweitens habe ich mir sagen lassen, daß er nur große Taschentücher mit roten Karos benutzt.

Weil ich nicht wußte, wo ich am besten mit der Untersuchung beginnen sollte, fing ich an, die Leute in der Stadt auszufragen, und so erfuhr ich vom Zeitungsverkäufer, daß Arlette nicht mit dem Zug, sondern mit dem Auto, einem großen grünen Sportwagen, gekommen sei. Jetzt ließ sich alles leichter an. Der Besitzer des grünen Autos hatte für Sonntag nacht ein Zimmer reservieren lassen, und zwar in dem Hotel, das ich auch Ihnen empfohlen habe.

Es handelt sich um einen gewissen Hervé Peyrot, der auf dem Anmeldeformular als Beruf Weinhändler angab, wohnhaft Paris, Quai des Grands Augustins.«

»Hat er auswärts geschlafen?«

»Er blieb an der Bar sitzen, bis das Hotel kurz vor Mitternacht schloß, worauf er, anstatt hinaufzugehen und sich schlafen zu legen, zu Fuß wegging, um, wie er sagte, sich das Meer anzusehen. Nach der Aussage des Nachtportiers kam er erst gegen halb drei Uhr morgens zurück. Ich fragte den Hausdiener, der die Schuhe putzt, und er sagte mir, daß an den Schuhsohlen Peyrots rote Erde geklebt habe. Dienstag früh fuhr ich noch einmal nach La Bicoque und nahm die Spuren in einer Rabatte unter dem Zimmerfenster, in dem Arlette schlief, ab.

Was halten Sie davon?«

»Nichts.«

»Was Théo Besson angeht ...«

»Er war auch da?«

»Nicht über Nacht. Sie wissen ja bereits, daß die beiden Söhne Besson aus erster Ehe stammen und Valentine nicht ihre Mutter ist. Ich habe mir hier den ganzen Stammbaum notiert, und wenn Sie wollen . . .«

»Nicht jetzt, ich habe Hunger.«

»Kurz, Théo Besson, 48 Jahre alt und Junggeselle, macht seit zwei Wochen hier in Etretat Urlaub.«

»Bei seiner Stiefmutter?«

»Nein. Er besuchte sie nicht. Ich glaube, sie sind zerstritten. Er hat ein Zimmer im ›Roches Blanches‹, dem Hotel, das Sie von hier aus sehen können.«

»Er war also nicht in La Bicoque?«

»Warten Sie ab. Als Charles Besson . . .«

Der arme Castaing stöhnte und versuchte verzweifelt, ein klares Bild von der Situation zu geben, und das einem Maigret, der gar nicht zuzuhören schien.

»Am Sonntag früh um 11 Uhr traf Charles Besson mit seiner Frau und seinen vier Kindern ein. Sie haben ein Auto, einen schweren Packard, altes Modell. Arlette war schon vor ihnen angekommen. Sie aßen alle in La Bicoque zu Mittag. Dann ging Charles Besson mit seinen beiden Ältesten an den Strand, einem fünfzehnjährigen Jungen und einem zwölfjährigen Mädchen, während die Damen sich unterhielten.«

»Hat er seinen Bruder getroffen?«

»Das ist es ja gerade. Ich habe Charles Besson im Verdacht, daß er den Spaziergang nur vorgeschlagen hat, um in der Bar des Kasinos etwas trinken zu können. Er hebt offenbar ganz gerne einen, wenn man dem Gerede glauben darf. Dabei traf er Théo, von dessen Aufenthalt in Etretat er nichts wußte, und wollte ihn unbedingt nach La Bicoque mitnehmen. Théo willigte schließlich ein. Die

Familie war also beim Abendessen vollzählig, es gab kaltes Büfett, bestehend aus Languste und Hasenkeule.«

»Wurde niemand davon krank?«

»Nein. Außer den Familienangehörigen hielt sich nur das Dienstmädchen im Haus auf. Charles Besson brach gegen halb zehn Uhr mit seiner Familie auf. Claude, der Fünfjährige, hatte bis dahin im Zimmer der alten Dame geschlafen; als sie einsteigen wollten, mußte dem Kleinsten, der erst sechs Monate alt ist und schrie, die Flasche gegeben werden.«

»Wie heißt die Frau von Charles Besson?«

»Ich glaube, Emilienne, aber man nennt sie Mimi.«

»Mimi«, sagte Maigret nachdenklich vor sich hin, als ob er eine Lektion wiederholen müßte.

»Sie ist eine kräftige Brünette um die Vierzig.«

»Kräftige Brünette, so! Sie sind also in ihrem Packard gegen neun Uhr abgefahren?«

»Richtig. Théo blieb dann noch ein paar Minuten, und dann waren nur noch die drei Frauen im Haus.«

»Valentine, ihre Tochter Arlette und die Rose.«

»Genau. Die Rose spülte in der Küche das Geschirr ab, während sich Mutter und Tochter im Salon unterhielten.«

»Liegen die Zimmer alle auf einer Etage?«

»Außer dem Gästezimmer, das, wie ich Ihnen schon gesagt habe, im Erdgeschoß liegt, und dessen Fenster auf den Garten hinausgehen. Sie werden schon sehen. Es ist ein richtiges Puppenhaus mit ganz kleinen Zimmern.«

»Ging Arlette nicht in das Zimmer ihrer Mutter hinauf?«

»Gegen zehn Uhr gingen beide zusammen hinauf, denn

die alte Dame wollte ihrer Tochter ein Kleid vorführen, das sie sich gerade hatte machen lassen.«

»Beide kamen wieder herunter?«

»Ja. Valentine ging dann wieder hinauf, um sich schlafen zu legen, die Rose kam einige Minuten später nach. Sie brachte ihre Herrin immer ins Bett und gab ihr noch die Medizin.«

»Hat sie sie auch immer zurechtgemacht?«

»Nein. Valentine schüttete die Tropfen vorher selber in ein Wasserglas.«

»Arlette kam nicht wieder herauf?«

»Nein. Es war ungefähr halb zwölf, als die Rose auch ins Bett ging.«

»Und gegen zwei Uhr früh fing sie an zu stöhnen.«

»Diese Zeit geben Arlette und ihre Mutter wenigstens an.«

»Und Sie glauben, daß zwischen Mitternacht und zwei Uhr morgens ein Mann in Arlettes Zimmer war, ein Mann, mit dem sie aus Paris gekommen war? Sie wissen nicht, was Théo an diesem Abend gemacht hat?«

»Ich habe mich bis jetzt noch nicht danach erkundigt. Ich muß Ihnen sogar ehrlich sagen, daß ich noch nicht einmal daran gedacht habe.«

»Wie wär's, wenn wir essen gingen?«

»Gern.«

»Glauben Sie, daß ich Muscheln bekommen könnte?«

»Kann schon sein, aber eigentlich glaube ich es nicht. Ich kenne die Speisekarte allmählich.«

»Waren Sie heute morgen auch im Haus von Roses Eltern?«

»Nur im ersten Zimmer, in dem sie aufgebahrt war.«

»Sie wissen nicht, ob sie ein gutes Foto von ihr haben?«

»Ich könnte sie danach fragen.«

»Machen Sie das. Alle Bilder, die Sie bekommen können, auch Kinderbilder. Übrigens, wie alt war sie eigentlich?«

»Zwei- oder dreiundzwanzig Jahre. Ich habe den Bericht nicht selber geschrieben und . . .«

»Ich dachte, sie sei schon lange bei der alten Dame.«

»Seit sieben Jahren. Sie ist ganz jung, noch zu Lebzeiten von Fernand Besson, in ihre Dienste getreten. Sie war ein kräftiges Mädchen, mit einem frischen Gesicht und einem großen Busen.«

»War sie irgendwann einmal krank?«

»Dr. Jolly erwähnte nichts. Er hätte es mir sicher gesagt.«

»Ich möchte gerne wissen, ob sie Liebhaber oder einen Geliebten hatte.«

»Daran dachte ich auch schon. Es scheint nicht der Fall gewesen zu sein. Sie war sehr ernst und ging so gut wie gar nicht aus.«

»Weil man sie nicht ausgehen ließ?«

»Ich glaube, daß Valentine sie sehr kurz hielt und ihr nicht gerne frei gab, aber ich kann mich auch täuschen.«

Sie waren die ganze Zeit am Meer entlangspaziert. Maigret hatte die Augen nicht davon abgewendet, es aber nicht einen Augenblick wahrgenommen.

Das hatte er hinter sich. Am Morgen in Bréauté-Beuzeville war er noch freudig erregt. Die Spielzeugeisenbahn hatte ihn an frühere Ferien erinnert. Jetzt bemerkte er weder die hellen Badeanzüge der Badenden noch die auf dem Kies kauernden Kinder, und auch der Jodgeruch des Tangs stieg ihm nicht in die Nase. Er hatte sich gerade noch erkundigt, ob es Muscheln zum Essen geben würde!

Er war hier, den Kopf vollgestopft mit neuen Namen, die er sich einzuprägen versuchte, wie er es in seinem Büro am Quai des Orfèvres auch tat, und er setzte sich mit Castaing an einen weißgedeckten Tisch, auf dem in einer dünnen, hohen Vase aus Preßglas Gladiolen standen.

Vielleicht zeigte sich daran, daß er älter wurde? Er beugte sich nach vorne, um noch einmal die weißen Schaumkronen auf den Wellen sehen zu können, und es stimmte ihn traurig, daß er dabei so gar keine Freude verspürte.

»Waren viele Leute auf der Beerdigung?«

»Ganz Yport war da, abgesehen von den Leuten aus Etretat, Loges, Vaucottes und den Fischern aus Fécamp.«

Er erinnerte sich an andere Beerdigungen auf dem Land, glaubte den Duft von Calvados zu riechen und sagte sehr ernst:

»Heute abend werden die Leute alle betrunken sein.«

»Das kann gut sein«, räumte auch Castaing ein und war etwas überrascht von den Gedankengängen des berühmten Kommissars. Es gab keine Muscheln zum Essen, und so aßen sie Ölsardinen und Sellerie mit Remouladensoße als Vorspeise.

2

Valentines Vergangenheit

Er stieß die Gartentür auf, die nicht verschlossen war, und ging, da er keine Klingel entdecken konnte, in den Garten. Noch nirgends hatte er so viele Pflanzen auf so engem Raum gesehen. Die blühenden Büsche standen so dicht nebeneinander, daß man sich wie in einem Urwald fühlte. Auf dem kleinsten freien Fleckchen blühten Dahlien, Lupinen, Chrysanthemen und andere Blumen, deren bunte Farbenpracht Maigret nur von den Samentüten in den Auslagen kannte; es sah aus, als ob die alte Dame alle Samentüten ausprobieren wollte.

Das Haus, dessen Schieferdach er von der Straße aus über den Bäumen noch gesehen hatte, lag jetzt versteckt. Der Gartenweg verlief im Zickzack und irgendwann hätte er nach rechts anstatt nach links abbiegen müssen, denn nach einigen Schritten stand er auf einem Hof mit großen rosafarbenen Steinplatten, hinter dem Küche und Waschküche lagen.

Dort stand eine kräftige, schwarzgekleidete Bäuerin mit schwarzem, graumeliertem Haar, mit derber Haut und strengem Blick und war damit beschäftigt, eine Matratze auszuklopfen. Um sie herum im Freien ein Durcheinander von Schlafzimmermöbeln: ein offener Nachttisch, ein Stuhl mit Rohrgeflecht, ein auseinandergenommenes Bett; über einer Wäscheleine hingen die Vorhänge und die Bettdecken.

Die Frau musterte ihn, ohne ihre Arbeit zu unterbrechen.

»Ist Madame Besson zu Hause?«

Sie zeigte nur auf die Fenster mit den kleinen Scheiben, um die sich wilder Wein rankte; als er näherkam, sah er Valentine in ihrem Salon sitzen. Sie ahnte nicht, daß er schon da war, denn sie konnte nicht wissen, daß er über den Hof kommen würde. Sie war offensichtlich dabei, sich auf seinen Empfang vorzubereiten. Nachdem sie auf einem kleinen, runden Tisch ein Silbertablett mit einer Kristallkaraffe und Gläsern abgestellt hatte, trat sie etwas zurück, um sich von der Wirkung zu überzeugen. Dann schaute sie an sich herunter und ordnete ihre Frisur vor einem alten Spiegel mit geschnitztem Rahmen.

»Sie brauchen nur zu klopfen«, sagte die Bäuerin unfreundlich.

Er hatte nicht bemerkt, daß eines der Fenster eine Glastür war, klopfte dort an, worauf sich Valentine überrascht umdrehte, aber sofort ein passendes Lächeln fand.

»Ich wußte, daß Sie kommen würden, aber ich hatte gehofft, Sie am Haupteingang begrüßen zu können, sofern bei diesem Haus dieses Wort überhaupt angebracht ist.«

Vom ersten Augenblick an war er ebenso beeindruckt wie in Paris. Sie war so lebhaft und temperamentvoll, daß man sie für eine junge, sogar sehr junge Frau halten konnte, die sich für ein Laienspiel als alte Dame verkleidet hat. Und doch versuchte sie nicht, sich jünger zu geben, im Gegenteil, der Schnitt ihres schwarzen Samtkleides, ihre Frisur, das breite Samtband um ihren Hals paßten zu ihrem Alter.

Als er sie so aus der Nähe betrachtete, fielen ihm die feinen Fältchen und der welke Hals und ihre mageren Hände auf, die ihr Alter verrieten.

»Darf ich Ihnen Ihren Hut abnehmen, Herr Kommissar? Setzen Sie sich in den Sessel, der Ihnen bequem ist. Sie kommen sich sicher sehr beengt vor in meinem Puppenhaus, nicht wahr?«

Ihr Charme lag vielleicht in dem Eindruck, daß sie sich immer über sich selber lustig zu machen schien.

»Man hat Ihnen sicher gesagt oder wird es Ihnen sagen, daß ich verrückt bin, und es stimmt auch, daß ich voller Schrullen stecke. Sie können sich nicht vorstellen, wie einen die Marotten in Beschlag nehmen, wenn man allein lebt. Probieren Sie doch diesen Sessel am Fenster? Machen Sie mir die Freude und rauchen Sie Ihre Pfeife. Mein Mann rauchte von morgens bis abends Zigarren, und nichts riecht so penetrant in einem Haus wie Zigarrenqualm. Unter uns gesagt, er machte das glaube ich gar nicht so gerne. Er hatte erst sehr spät damit angefangen, als er schon über vierzig war, genau zu der Zeit, als die *Juva*-Creme berühmt wurde.«

Und schnell, wie um ihre versteckte Bosheit zu entschuldigen, fügte sie hinzu:

»Wir haben alle unsere Schwächen. Ich nehme an, Sie haben schon im Hotel Kaffee getrunken? Vielleicht darf ich Ihnen einen Calvados anbieten, der schon über dreißig Jahre alt ist?«

Er merkte, daß es ihre Augen waren, die ihr außer ihrer lebhaften Art dieses jugendliche Aussehen gaben. Ihr Blau war heller als der Septemberhimmel am Meer, und sie verloren nie ein verwundertes Erstaunen, das zu Alice im Wunderland gepaßt hätte.

»Ich werde auch einen Schluck nehmen, damit Sie nicht allein trinken müssen, unter der Bedingung allerdings, daß Sie es nicht unpassend finden. Sie sehen, ich stehe zu meinen kleinen Schwächen. Ich bin gerade erst von der Beerdigung der armen Rose zurückgekommen. Es war nicht leicht, Mutter Leroy dazu zu bringen, mir zu helfen. Sie haben sicher bemerkt, daß die Möbel, die draußen stehen, in Roses Zimmer gehören. Ich fürchte den Tod, Herr Kommissar, und alles, was mit ihm zusammenhängt. Solange das Haus nicht von oben bis unten geputzt ist und einige Tage durchgelüftet wurde, meine ich immer den Tod zu riechen.«

Durch die Lindenzweige drangen ein paar spärliche Sonnenstrahlen ins Zimmer und fielen als tanzende Kringel auf die Möbel.

»Wenn ich geahnt hätte, daß eines Tages der berühmte Kommissar Maigret in diesem Sessel sitzen würde.«

»Sagten Sie nicht, daß Sie Artikel über mich aufgehoben haben?«

»Stimmt. Ich habe viele ausgeschnitten, so wie ich früher in der Zeitung meines Vaters das Feuilleton ausschnitt.«

»Haben Sie sie hier?«

»Ich hoffe, ich finde sie.«

Er hörte ein Zögern aus ihrer Stimme heraus. Sie ging eine Spur zu selbstverständlich an einen alten Sekretär, in dem sie vergeblich herumwühlte, dann in einer geschnitzten Truhe.

»Ich glaube, ich habe sie in meinem Zimmer.«

Sie wollte die Treppe hinauf.

»Machen Sie keine Umstände.«

»Aber ich bitte Sie! Es liegt mir selbst daran, sie zu finden. Ich errate, was Sie denken. Sie meinen, ich habe Ihnen das in Paris nur erzählt, um Ihnen zu schmeicheln und Sie zu überreden, hierher zu kommen. Es stimmt, daß ich manchmal schwindle, wie alle Frauen, aber ich schwöre Ihnen, diesmal stimmt es nicht.«

Er hörte, wie sie im ersten Stock hin und her ging, und als sie wieder herunterkam, spielte sie nicht gerade überzeugend eine enttäuschte Komödie.

»Unter uns gesagt, Rose war nicht sehr ordentlich, sie war sogar das, was ich eine Schlampe nenne. Morgen werde ich auf dem Speicher suchen. Auf jeden Fall werde ich die Artikel finden, bevor Sie Etretat verlassen. Jetzt nehme ich an, daß Sie eine Menge Fragen an mich haben, und ich werde mich ruhig in meinen Lehnstuhl setzen. Auf Ihr Wohl, Monsieur Maigret.«

»Auf Ihr Wohl, Madame.«

»Finden Sie nicht, daß ich etwas sonderbar bin?«

Er schüttelte höflich den Kopf.

»Sind Sie mir nicht böse, daß ich Sie aus Ihrem Quai des Orfèvres entführt habe? Eigentlich seltsam, daß mein Stiefsohn die gleiche Idee wie ich hatte, nicht wahr? Als Abgeordneter, worauf er sehr stolz ist, konnte er die Sache natürlich anders anpacken und wandte sich direkt an den Minister. Sagen Sie mir ganz offen: Sind Sie meinet- oder seinetwegen gekommen?«

»Natürlich Ihretwegen.«

»Glauben Sie, daß ich irgend etwas zu befürchten habe? Merkwürdig. Ich kann diese Drohung einfach nicht ernst nehmen. Man sagt immer, alte Frauen seien ängstlich; ich frage mich warum, denn wie viele alte Frauen wie ich leben allein und an einsamen Orten. Rose schlief hier, aber sie war es, die Angst hatte und mich nachts weckte, wenn sie glaubte, Geräusche zu hören. Bei Gewitter weigerte sie sich, mein Zimmer zu verlassen, und blieb die ganze Nacht zitternd im Nachthemd in meinem Lehnstuhl sitzen und betete vor sich hin.

Vielleicht habe ich deswegen nie Angst gehabt, weil ich nicht weiß, wer mir etwas Böses tun könnte. Ich bin nicht einmal mehr reich. Jeder hier in der Gegend weiß, daß ich von einer bescheidenen Rente lebe, die mir nach dem Bankrott blieb. Dieses Haus ist ebenfalls nur auf Lebenszeit gemietet und niemand wird es erben. Ich glaube nicht, daß ich jemals irgend jemand Böses zugefügt habe . . .«

»Trotzdem ist Rose tot.«

»Ja. Vielleicht halten Sie mich für dumm oder egoistisch, aber je mehr Zeit darüber verstreicht, und sie nun beerdigt ist, desto schwerer kann ich es glauben. Sie werden sicher gleich das Haus besichtigen wollen. Nebenan ist das Eßzimmer. Die andere Tür geht ins Gästezimmer, wo meine Tochter geschlafen hat. Außer der Küche, der Waschküche und dem Geräteschuppen gibt es im Erdgeschoß keine weiteren Räume, und der erste Stock ist noch kleiner, denn über der Küche und der Waschküche befinden sich keine Zimmer.«

»Besucht Sie Ihre Tochter oft?«

Sie verzog resigniert den Mund.

»Einmal im Jahr zu meinem Geburtstag. Die übrige Zeit sehe und höre ich nichts von ihr. Sie schreibt mir auch kaum mehr.«

»Soviel ich weiß, ist sie mit einem Zahnarzt verheiratet?«

»Ich nehme an, daß Sie über die ganzen Familiengeschichten Bescheid wissen müssen, das ist wohl nicht zu ändern. Soll ich offen mit Ihnen reden, Monsieur Maigret, oder soll ich Ihnen als wohlerzogene Dame antworten?«

»Muß diese Frage sein?«

»Haben Sie Arlette schon getroffen?«

»Noch nicht.«

Sie holte aus einer Schublade abgegriffene Umschläge mit Fotografien, in jedem steckte eine bestimmte Sorte Bilder.

»Sehen Sie! Das ist sie mit achtzehn. Man sagt, daß sie mir ähnlich sei; äußerlich mag das wohl stimmen.«

Es war wirklich frappierend. Das junge Mädchen war ebenso zierlich wie seine Mutter, hatte die gleichen feinen Gesichtszüge und vor allem dieselben hellen Augen.

»Das Sprichwort sagt, sie sieht so aus, als ob sie kein Wässerchen trüben könnte, nicht wahr? Der arme Julien hat das auch geglaubt und sie trotz meiner Einwände geheiratet. Er ist ein braver Junge und äußerst tüchtig. Er hat mit nichts angefangen, beendete unter großen Schwierigkeiten sein Studium und arbeitet nun täglich zehn Stunden in seiner einträglichen Praxis in der Rue Saint-Antoine.«

»Glauben Sie, die beiden sind nicht glücklich?«

»Er vielleicht schon. Manche Leute machen ihr Glück

ganz auf sich allein gestellt. Jeden Sonntag stellt er seine Staffelei irgendwo am Seineufer auf und malt. Sie besitzen ein Boot in der Nähe von Corbeil.«

»Liebt Ihre Tochter ihren Mann?«

»Schauen Sie die Fotos an und beantworten Sie die Frage selber. Vielleicht ist sie wirklich fähig, jemanden zu lieben. Ich selber habe es nie gemerkt. Als ich in der Konditorei der Schwestern Seuret arbeitete – man hat Ihnen sicher schon davon erzählt –, sagte sie manchmal zu mir:

›Glaubst du vielleicht, es ist schön, eine Mutter zu haben, die meinen Freundinnen Kuchen verkauft!‹

Als sie das sagte, war sie sieben Jahre alt. Wir wohnten beide in einem kleinen Zimmer über einem Uhrengeschäft, das heute noch existiert.

Als ich wieder heiratete, änderte sich auch ihr Leben . . .«

»Würde es Ihnen etwas ausmachen, mir von Ihrem ersten Mann zu erzählen? Es liegt mir daran, dies von Ihnen selber zu erfahren und nicht nur von anderen.«

Sie goß ihm noch einen Calvados ein und reagierte auf seine Frage nicht im geringsten betroffen.

»Ebenso gut kann ich in diesem Fall bei meinen Eltern beginnen. Ich bin eine geborene Fouqué, ein Name, der in dieser Gegend häufig vorkommt. Mein Vater war hier in Etretat Fischer. Meine Mutter arbeitete als Putzfrau in Häusern wie diesem, aber nur im Sommer, denn damals blieb den Winter über niemand hier. Ich hatte drei Brüder und eine Schwester, die alle schon gestorben sind. Einer meiner Brüder fiel im Krieg 1914, der andere starb an den Folgen eines Schiffsunglücks. Meine Schwester heiratete und starb im Kindbett. Mein dritter Bruder Lucien arbeitete als Friseurlehrling in Paris, geriet in schlechte Gesellschaft und wurde bei einem Streit in einem Café in der Nähe der Bastille erstochen. Ich schäme mich deswegen nicht. Ich habe meine Herkunft nie verleugnet. Wenn ich mich schämen würde, wäre ich bestimmt nicht hierher gezogen, um hier, wo jeder über alles Bescheid weiß, meine Tage zu beschließen.«

»Haben Sie schon gearbeitet, als Ihre Eltern noch lebten?«

»Mit vierzehn Jahren war ich Kindermädchen, dann Zimmermädchen im Hôtel de la Plage. In jener Zeit ist meine Mutter an Brustkrebs gestorben. Mein Vater ist ziemlich alt geworden, aber gegen Ende seines Lebens trank er so viel, daß er gar nicht mehr zu existieren schien. Ich habe dann einen jungen Mann aus Rouen, Henri Poujolle, kennengelernt, der bei der Post angestellt war, und wir heirateten. Er war nett, sehr ruhig, gut erzogen, und ich hatte damals noch keine Ahnung, was die roten Flekken auf seinen Wangen bedeuteten. Vier Jahre lang war ich Hausfrau und Mutter in einer Dreizimmerwohnung. Ich holte ihn immer mit dem Kinderwagen vom Büro ab. Sonntags kauften wir einen Kuchen bei den Schwestern Seuret. Einmal im Jahr fuhren wir zu meinen Schwiegereltern nach Rouen, die dort einen kleinen Lebensmittelladen in der Oberstadt besaßen.

Dann fing Henri an zu husten, und ein paar Monate später war er tot und ließ mich und Arlette allein zurück. Ich gab die Wohnung auf und nahm ein Zimmer. Die

Schwestern Seuret haben mich dann als Verkäuferin angestellt. Ich muß damals hübsch gewesen sein und zog Kundschaft an. Eines Tages lernte ich im Laden Ferdinand Besson kennen.«

»Wie alt waren Sie damals?«

»Als wir ein paar Monate später heirateten, war ich dreißig Jahre.«

»Und er?«

»Ungefähr fünfundfünfzig. Er war seit ein paar Jahren Witwer, mit zwei Jungen im Alter von sechzehn und achtzehn Jahren. Ich befand mich in einer eigenartigen Situation, denn ich meinte immer, sie könnten sich in mich verlieben.«

»Taten Sie es nicht?«

»Théo vielleicht, aber nur am Anfang. Dann konnte er mich nicht mehr ausstehen, aber ich war ihm deswegen nicht böse. Kennen Sie Bessons Geschichte?«

»Ich weiß nur, daß er der Besitzer der *Juva*-Produkte war.«

»Also stellen Sie sich wahrscheinlich eine ganz außerordentliche Persönlichkeit vor, aber in Wirklichkeit war alles ganz anders. Er war ein kleiner Apotheker in Le Havre, sogar ein ganz kleiner Apotheker in einem engen und düsteren Laden mit einem grünen und einem gelben Glas im Regal. Wie Sie gleich auf dem Foto sehen, sah er mit vierzig Jahren eher wie ein Angestellter vom Gaswerk aus, und seine Frau wirkte wie eine Putzfrau. Damals gab es noch nicht so viele kosmetische Artikel wie heute, und er bereitete alle möglichen Mittelchen selber zu. So stellte er einmal eine Creme für ein junges Mädchen her, das immer unter Akne litt. Sie war damit sehr zufrieden, und das hat sich erst im Viertel, dann in der Stadt herumgesprochen.

Ein Schwager riet ihm, das Produkt unter einem zugkräftigen Namen auf den Markt zu bringen, worauf dann beide diesen Namen erfunden haben. Dieser Schwager steckte auch das erste Kapital hinein. Beinahe über Nacht war er ein gemachter Mann. Es wurden Laboratorien eingerichtet, zuerst in Le Havre, dann in Pantin, später auch in der Nähe von Paris. Der Name *Juva* war in allen Zeitungen zu finden, dann stand er auch in Riesenlettern an den Hauswänden.

Sie können sich nicht vorstellen, was diese Produkte, wenn sie einmal auf dem Markt sind, einbringen.

Bessons erste Frau hatte davon nicht mehr viel, denn sie starb kurze Zeit später. Er fing an, ein ganz anderes Leben zu führen. Als ich ihn kennenlernte, war er schon ein sehr reicher Mann, der aber nicht mit Geld umgehen konnte und auch nicht wußte, was er damit anfangen sollte. Ich glaube, deswegen hat er mich geheiratet.«

»Was wollen Sie damit sagen?«

»Daß er eine hübsche Frau brauchte, die er überall herumzeigen konnte. Vor den Pariserinnen hatte er Angst. Bei Damen aus den gehobenen Kreisen in Le Havre hatte er Hemmungen. Er fühlte sich wohler bei einem Mädchen, das er hinter dem Ladentisch einer Konditorei kennengelernt hatte. Ich nehme sogar an, daß es ihm nichts ausmachte, daß ich Witwe war und selber ein Kind hatte. Ich weiß nicht, ob Sie mich verstehen?«

Er verstand, was sie meinte, aber ihn erstaunte, daß sie

ihren Mann so durchschaut hatte und so unbefangen darüber reden konnte.

»Gleich nach unserer Hochzeit kaufte er ein herrschaftliches Haus in der Avenue d'Iéna, einige Jahre später das Schloß in Anzi in der Sologne. Er überschüttete mich mit Schmuck, schickte mich in die Modesalons, führte mich ins Theater und auf die Rennbahn aus. Er ließ sogar eine Yacht bauen, auf der er aber niemals segelte, denn er wurde immer seekrank.«

»Glauben Sie, daß er glücklich war?«

»Ich weiß es nicht. Vielleicht in seinem Büro in der Rue Tronchet, wo er nur Untergebene um sich hatte. Ich glaube, woanders lebte er in der ständigen Furcht, man könnte sich über ihn lustig machen. Er war jedoch ein guter Mann und nicht weniger intelligent als die meisten anderen, die Geschäfte machen. Vielleicht ist er zu spät zu soviel Geld gekommen.

Er hatte es sich in den Kopf gesetzt, ein Industriekapitän zu werden, und neben der *Juva*-Creme, die eine Goldgrube war, wollte er andere Produkte kreieren: eine Zahnpasta, eine Seife, was weiß ich alles, für deren Werbung er Millionen ausgegeben hat. Er ließ Fabriken bauen, aber nicht nur für die Herstellung der Produkte, sondern auch für deren Verpackung, und Théo, der in das Geschäft mit eingestiegen war, hatte vielleicht noch hochfliegendere Pläne.

So ging das fünfundzwanzig Jahre, Monsieur Maigret. Heute kann ich mich kaum mehr daran erinnern, so schnell ist das alles gegangen. Wir hatten nie Zeit. Wir fuhren von unserem Haus in Paris auf unser Schloß, von da nach Cannes oder Nizza, um in aller Eile nach Paris zurückzukehren, in zwei Autos, eins mit dem Gepäck, dem Diener, dem Zimmermädchen und der Köchin. Dann beschloß er, jedes Jahr eine Reise zu machen, und so fuhren wir nach London und Schottland, in die Türkei, nach Ägypten, immer alles im Eiltempo, weil ihn die Geschäfte zurückriefen; die Koffer immer voll mit Kleidern und Juwelen, die in jeder Stadt in ein Safe gebracht werden mußten.

Arlette heiratete dann, ich habe eigentlich nie herausgefunden, warum. Oder besser, ich habe nie erfahren, warum sie plötzlich diesen Jungen heiratete, den wir nicht einmal kannten, wo sie doch einen der reichen jungen Männer, die in unserem Haus verkehrten, hätte haben können.«

»Hatte Ihr Mann eine Schwäche für Ihre Tochter?«

»Geben Sie zu, daß Sie sich fragen, ob nicht mehr dahintersteckte, oder? Ich habe mich das auch gefragt. Wenn ein Mann in einem gewissen Alter mit einem jungen Mädchen, das nicht seine Tochter ist, zusammenwohnt, ist es normal, daß er sich schließlich in sie verliebt. Ich habe die beiden beobachtet. Es stimmt, daß er sie mit Geschenken überhäufte und ihr jeden Wunsch erfüllte. Aber ich habe niemals etwas anderes bemerkt. Nein! Und ich weiß wirklich nicht, warum Arlette mit ihren zwanzig Jahren den ersten besten heiratete. Ich verstehe viele Leute, aber meine eigene Tochter habe ich nie verstanden.«

»Verstehen Sie sich gut mit Ihren Stiefsöhnen?«

»Théo, der älteste, ging bald seine eigenen Wege, Charles dagegen benahm sich mir gegenüber immer so, als ob ich seine Mutter sei. Théo war nie verheiratet. Im ganzen hat er ein Leben geführt, wie es seinem Vater nie vergönnt war, weil er nicht darauf vorbereitet worden war. Warum schauen Sie mich so an?«

Immer dieser Widerspruch. Sie redete ohne zu stocken, ab und zu mit einem Lächeln und dem immer gleichbleibenden offenherzigen Ausdruck in ihren hellen Augen, und er wunderte sich über das, was sie sagte.

»Wissen Sie, ich hatte viel Zeit nachzudenken in den fünf Jahren, in denen ich hier allein wohne! Théo war auf allen Rennplätzen zu finden, im *Maxim*, bei *Fouquet*, an allen Orten, die gerade in Mode waren. Den Sommer verbrachte er in Deauville. In dieser Zeit hielt er offenes Haus, war immer von jungen Leuten mit klangvollen Namen umgeben, die aber kein Geld hatten. Er hat diesen Lebensstil nie aufgegeben, oder besser, er sucht immer noch die gleichen Orte auf, aber jetzt ist er es, der ohne Geld dasteht und sich einladen läßt. Ich weiß nicht, wie er das fertigbringt.«

»Waren Sie nicht überrascht, als Sie erfuhren, daß er in Etretat sei?«

»Wir haben schon lange keinen Kontakt mehr. Ich habe ihn vor zwei Wochen in der Stadt gesehen und dachte, er sei auf der Durchreise. Dann brachte Charles ihn am Sonntag bei mir an und forderte uns beide auf, den alten Streit doch zu vergessen, und ich habe ihm die Hand hingehalten.«

»Hat er irgendeinen Grund für sein Hiersein angegeben?«

»Er sagte nur, er müsse sich erholen. Aber Sie haben

mich aus dem Konzept gebracht. Ich war bei der Zeit stehengeblieben, in der mein Mann noch lebte; die letzten zehn Jahre verliefen nicht immer sehr glücklich.«

»Wann hat er dieses Haus gekauft?«

»Bevor die Geschäfte anfingen, schlecht zu gehen; als wir noch unsere Stadtwohnung in Paris, das Schloß und all das Drum und Dran hatten. Ich gebe zu, daß ich es war, die dieses Refugium hier haben wollte, wo ich mich mehr als irgendwo anders zu Hause fühle.«

Lächelte er unwillkürlich? Sie fügte hastig hinzu:

»Ich weiß, was Sie denken, und vielleicht haben Sie nicht so ganz unrecht. In Anzi spielte ich die Schloßherrin, weil Ferdinand es von mir verlangte. Ich war Vorsitzende sämtlicher Wohltätigkeitsvereine und bei allen festlichen Anlässen dabei, aber niemand wußte, wer ich eigentlich bin. Es kam mir ungerecht vor, daß man mich in der Stadt, in der ich arm und bescheiden gelebt hatte, nicht in meinem neuen Glanz mitbekam. Das ist vielleicht kein sehr edler Zug, aber ich glaube, es ist menschlich. Ich sage es Ihnen lieber selber, weil es Ihnen sowieso jeder erzählen wird und auch deshalb, weil einige mich nicht ohne Ironie die Schloßherrin nennen. Hinter meinem Rücken nennen sie mich lieber Valentine!

Ich habe mich nie um die Geschäfte gekümmert, aber es lag auf der Hand, daß Ferdinand zu viel in Angriff genommen hat und auch nicht immer zum richtigen Zeitpunkt. Vielleicht nicht so sehr, um den anderen zu imponieren, als um sich selbst zu beweisen, was er für ein großer Finanzmann war. Es fing damit an, daß wir die Yacht verkaufen mußten, dann das Schloß. Eines Abends nach einem Ball gab ich ihm die Perlen, damit er sie wieder in den Safe legte, als er mit einem bitteren Lächeln sagte:

›Ich mache das nur der Leute wegen. Aber es wäre auch kein großes Unglück mehr, wenn man sie stehlen würde, denn es sind nur noch Imitationen.‹

Er wurde immer schweigsamer und vereinsamte. Nur die *Juva*-Creme brachte noch Gewinn, während alle neuen Projekte der Reihe nach scheiterten.«

»Hing er an seinen Söhnen?«

»Ich weiß es nicht. Kommt Ihnen das eigenartig vor, wenn ich das sage? Man stellt sich immer vor, daß Eltern ihre Kinder lieben. Das scheint selbstverständlich zu sein. Jetzt frage ich mich, ob nicht das Gegenteil häufiger vorkommt als man denkt. Er fühlte sich sicher geschmeichelt, als Théo in die bessere Gesellschaft aufgenommen wurde, von der er nur zu träumen gewagt hatte. Andererseits war er sich wohl klar darüber, daß Théo nicht gerade eine markante Persönlichkeit war und seine hochfliegenden Pläne den Bankrott beschleunigt haben. Was Charles angeht, so hat er ihm nie verziehen, zu nachgiebig zu sein, denn er hegte selber eine ungeheure Abneigung gegen alle Weichen und Schwachen.«

»Weil er eigentlich selber so war, ist es das, was Sie sagen wollen?«

»Ja. Jedenfalls waren die letzten Lebensjahre, in denen er sein Vermögen mehr und mehr dahinschwinden sah, recht deprimierend für ihn. Vielleicht liebte er mich wirklich? Er war kein sehr mitteilsamer Mensch, ich kann mich nicht erinnern, daß er einmal ›chérie‹ zu mir gesagt hat. Er wollte meinen Lebensunterhalt gesichert sehen und mietete dieses Haus auf Lebenszeit und sicherte mir eine kleine Rente vor seinem Tod. Das ist ungefähr alles, was er hinterlassen hat. Seine Kinder erbten nur einige wertlose Erinnerungsstücke, ebenso meine Tochter, mit der er keine Ausnahme machte.«

»Ist er hier gestorben?«

»Nein. Er starb ganz allein in einem Pariser Hotelzimmer; er war dorthin gefahren in der Hoffnung, ein neues Geschäft abzuschließen. Er war siebzig Jahre alt. Allmählich lernen Sie die Familie kennen. Ich weiß eigentlich nicht so recht, was Théo treibt, aber er fährt immerhin ein kleines Auto, ist gut angezogen und lebt in eleganten Orten. Charles mit seinen vier Kindern und einer nicht sehr sympathischen Frau hat sich in mehreren Berufen ohne Erfolg versucht. Er hatte die fixe Idee, eine neue Zeitung zu machen. Dies ging in Rouen und Le Havre daneben. Dann engagierte er sich in Fécamp im Handel mit Düngemitteln, die aus Fischrückständen gewonnen wurden. Als dieses Geschäft sich ganz gut anließ, schrieb er sich auf irgendeiner Liste für die Wahl ein. Es war der reinste Zufall, daß er gewählt wurde, und nun ist er seit zwei Jahren Abgeordneter. Sie sind alle keine Musterknaben, aber sie sind auch keine Bösewichte. Wenn sie mich auch nicht abgöttisch lieben, so glaube ich doch, daß sie mich auch nicht hassen und mein Tod keinem nützen würde.

Die Nippsachen, die Sie hier sehen, würden bei einer Auktion keinen großen Erlös bringen, und das ist, zusammen mit den Imitationen meines früheren Schmucks alles, was mir geblieben ist.

Die Leute hier in der Gegend haben sich an mich alte

Frau gewöhnt, für sie gehöre ich irgendwie mit zur Landschaft.

Beinahe alle Bekannten aus meiner Jugendzeit sind gestorben. Einige Leute, wie die ältere der Schwestern Seuret, besuche ich von Zeit zu Zeit. Daß einer auf die Idee kommen könnte, mich zu vergiften, erscheint mir so unmöglich, so absurd, daß ich verlegen werde, wenn ich Sie hier sitzen sehe, und mich jetzt geradezu schäme, Sie in Paris aufgesucht zu haben. Sie haben mich bestimmt für eine verrückte Alte gehalten, geben Sie's zu!«

»Nein.«

»Warum? Wieso haben Sie das alles ernstgenommen?«

»Die Rose ist tot!«

»Das ist wahr.«

Sie warf einen Blick durch das Fenster auf die im Hof herumstehenden Möbel und die Bettdecken, die über der Wäscheleine hingen.

»Ist Ihr Gärtner heute hier?«

»Nein. Gestern war sein Tag.«

»Hat die Putzfrau die Möbel selber heruntergetragen?«

»Wir haben sie auseinandergenommen und zusammen heruntertransportiert, bevor ich heute früh nach Yport fuhr.«

Sie waren schwer und die Treppe war eng und gewunden.

»Ich kann mehr tragen als es den Anschein hat, Monsieur Maigret. Ich wirke vielleicht zerbrechlich und bin auch nicht so kräftig gebaut. Doch war Rose trotz ihrer stämmigen Figur nicht kräftiger als ich.« Sie stand auf, um sein Glas nachzufüllen, und nahm selber einen Schluck von dem alten goldgelben Calvados, dessen Duft das ganze Zimmer erfüllte.

Sie war überrascht von der Frage, die ihr Maigret dann stellte, der ganz ruhig dasaß und an seiner Pfeife zog.

»Glauben Sie, daß Ihr Schwiegersohn – er heißt Julien Sudre, nicht wahr? – ein nachsichtiger Ehemann ist?«

Sie lachte verwundert.

»Ich habe mir darüber nie Gedanken gemacht.«

»Haben Sie sich auch nie gefragt, ob Ihre Tochter einen oder mehrere Geliebte hat?«

»Mein Gott, es würde mich nicht weiter wundern.«

»Ein Mann war hier bei Ihrer Tochter im Gästezimmer in der Nacht von Sonntag auf Montag.«

Sie runzelte die Stirn und überlegte.

»Jetzt verstehe ich.«

»Was verstehen Sie?«

»Ein paar Kleinigkeiten, die mir im ersten Moment nicht aufgefallen waren. Arlette wirkte den ganzen Tag über sehr zerstreut und beunruhigt. Nach dem Essen wollte sie mit den Kindern von Charles am Strand spazierengehen und schien enttäuscht, als er selber dorthin wollte. Auf die Frage, warum ihr Mann sie nicht begleitet habe, antwortete sie, er müsse eine Landschaft am Ufer der Seine fertig malen.

›Bleibst du über Nacht?‹

›Ich weiß noch nicht. Ich glaube nicht. Es ist vielleicht besser, wenn ich mit dem Abendzug zurückfahre.‹

Ich habe nicht lockergelassen. Mehrmals habe ich sie dabei ertappt, wie sie zum Fenster hinausschaute, und ich erinnere mich jetzt, daß bei Einbruch der Dunkelheit ein

Auto zwei- oder dreimal beinahe im Schrittempo draußen vorbeifuhr.«

»Worüber haben Sie sich unterhalten?«

»Das ist schwer zu sagen. Mimi mußte ihr Baby versorgen, es mehrmals wickeln und die Flasche vorbereiten, den fünfjährigen Claude beruhigen, der die Rabatten zertrampelt hatte. Natürlich sprach man über die Kinder. Arlette sagte zu Mimi, daß das Jüngste für sie eine Überraschung gewesen sein muß nach fünf Jahren, wenn der älteste schon fünfzehn ist; Mimi antwortete, daß Charles keine mehr haben wollte und damit ja auch keine Arbeit habe . . .

Sehen Sie, wie es hier so geht. Wir tauschten Kochrezepte aus.«

»Ist Arlette nach dem Abendessen auf Ihr Zimmer mitgegangen?«

»Ja. Ich wollte ihr ein Kleid vorführen, das ich mir kürzlich machen ließ, und ich habe es in ihrem Beisein anprobiert.«

»Wo hielt sie sich auf?«

»Sie saß auf dem Bett.«

»Blieb sie auch einmal allein im Zimmer?«

»Vielleicht kurz, als ich das Kleid aus der kleinen Kammer holte, die ich als Wäschekammer benutze. Aber ich kann mir nicht vorstellen, wie Arlette Gift in die Medizinflasche schüttet. Dazu hätte sie außerdem den Arzneischrank öffnen müssen, der aber im Badezimmer hängt. Ich hätte es bestimmt gehört. Warum auch hätte Arlette es tun sollen? So ist also der arme Julien ein Hahnrei?«

»Ein Mann kam nach Mitternacht in Arlettes Zimmer

und flüchtete ziemlich überstürzt durch das Fenster, als er Rose stöhnen hörte.«

Sie konnte sich ein Lachen nicht verkneifen.

»Das war ja ein schöner Reinfall!«

Aber auch jetzt ängstigte sie das in keiner Weise.

»Wer ist es? Jemand von hier?«

»Jemand, der sie im Auto von Paris herbrachte; es ist ein gewisser Hervé Peyrot, ein Weinhändler.«

»Jung?«

»Um die vierzig.«

»Ich hatte mich schon gewundert, daß sie mit dem Zug kam, wo ihr Mann doch ein Auto und sie den Führerschein hat. Das ist alles sehr sonderbar, Monsieur Maigret. Eigentlich bin ich doch froh, daß Sie da sind. Der Inspektor hat das Glas und die Medizinflasche mitgenommen und auch einige andere Gegenstände aus meinem Zimmer und dem Bad. Ich bin gespannt, was die Leute im Labor herausfinden. Es waren auch Polizisten in Zivil da, um Aufnahmen zu machen. Wenn Rose doch nicht so eigensinnig gewesen wäre! Ich hatte ihr gesagt, daß die Medizin komisch schmeckt, und als sie draußen war, mußte sie trotzdem den Rest im Glas austrinken. Sie brauchte kein Schlafmittel, das können Sie mir glauben. Wie oft habe ich ihr Schnarchen gehört, gleich nachdem sie sich schlafen gelegt hatte! Vielleicht möchten Sie gerne das Haus sehen?«

Er war noch nicht einmal eine Stunde bei ihr und doch war sie ihm schon so vertraut, daß er meinte, sie seit langem zu kennen. Die ernste Gestalt der Putzfrau – sie war bestimmt Witwe! – erschien im Türrahmen.

»Essen Sie den Rest des Ragouts heute abend, oder soll ich ihn der Katze geben?«

Sie fragte beinahe bissig und ohne dabei zu lächeln.

»Ich esse es, Madame Leroy.«

»Ich bin draußen fertig. Es ist alles geputzt. Wenn Sie mir helfen, die Möbel wieder nach oben zu tragen . . .«

Valentine lächelte verstohlen zu Maigret hinüber.

»Gleich.«

»Ich bin fertig mit meiner Arbeit.«

»Dann ruhen Sie sich einen Augenblick aus.«

Und sie ging vor ihm die enge Treppe hinauf, die nach Bohnerwachs roch.

3

Arlettes Liebhaber

Wenn Sie Lust haben, besuchen Sie mich, Monsieur Maigret. Ich möchte zumindest jederzeit zu Ihrer Verfügung stehen, wenn ich Sie schon aus Paris holen ließ. Sind Sie mir nicht zu sehr böse, daß ich Sie wegen dieser sonderbaren Geschichte bemüht habe?«

Sie standen im Garten und verabschiedeten sich. Die Witwe Leroy wartete immer noch auf ihre Herrin, die ihr helfen sollte, die Möbel wieder in Roses Zimmer hinaufzuschaffen. Einen Augenblick meinte Maigret helfen zu müssen, weil er nicht mit ansehen konnte, wie Valentine die schweren Stücke trug.

»Ich wundere mich jetzt, daß ich so auf Ihrem Kommen bestand, denn ich fürchte mich nicht einmal.«

»Schläft Madame Leroy bei Ihnen?«

»O nein! Sie geht in einer Stunde. Sie hat einen vierundzwanzigjährigen Sohn, der bei der Bahn arbeitet, und den sie verwöhnt wie ein kleines Kind. Er kommt bald nach Hause, deshalb hat sie es so eilig.«

»Sie schlafen also allein im Haus?«

»Das wäre nicht das erste Mal.«

Er ging durch den Garten, stieß die Gartentür auf, die ein bißchen quietschte. Die Sonne ging über dem Meer unter und tauchte die Straße in gelbes, beinahe rötliches Licht. Die Straße erinnerte ihn an seine Kindheit; sie war nicht geteert, die Schuhe sanken in dem weichen Staub ein; am Straßenrand wuchsen Hecken und Brennesseln. Etwas weiter unten machte die Straße eine Kurve, und genau da sah er die Gestalt einer Frau, die auf der anderen Straßenseite langsam den Hang heraufkam.

Sie lief im Gegenlicht, war dunkel gekleidet, und er erkannte sie, ohne sie früher schon einmal gesehen zu haben. Das konnte nur Arlette sein, die Tochter der alten Dame. Sie schien nicht ganz so klein und zierlich zu sein wie ihre Mutter, wirkte aber ebenso anmutig und elegant und hatte dieselben großen, unwirklich blauen Augen. Ob sie den Kommissar erkannte, dessen Foto so oft in den Zeitungen zu sehen war? Oder war sie einfach der Meinung, dieser städtisch gekleidete Fremde hier auf dem Weg könne nur ein Polizist sein? Maigret hatte den Eindruck, als ob sie in dem Moment, als sie sich begegneten, anhielt und ihn ansprechen wollte. Auch er zögerte. Er hätte sie auch gerne angesprochen, aber die Gelegenheit und der Ort waren ungünstig.

Also sahen sie sich nur schweigend an, Arlettes Augen schauten völlig unbeteiligt. Ihr Blick war ernst, etwas abwesend, gleichgültig. Maigret drehte sich um, als sie hinter der Hecke verschwunden war, dann setzte er seinen Weg nach Etretat fort.

Vor einem Postkartenstand traf er Inspektor Castaing.

»Ich habe auf Sie gewartet, Kommissar. Man brachte mir soeben die Berichte. Ich habe sie in der Tasche. Wollen Sie sie durchsehen?«

»Ich möchte mich erst einmal auf eine Terrasse setzen und ein kühles Bier trinken.«

»Hat sie Ihnen denn nichts angeboten?«

»Sie hat mir einen so alten und so ausgezeichneten Calvados kredenzt, daß ich jetzt etwas ganz Normales und Erfrischendes trinken möchte.«

Die Sonne, die als riesiger Feuerball in der zweiten Nachmittagshälfte schon tief stand, ließ die Nachsaison ebenso ahnen wie die wenigen Badegäste, die bereits Wollsachen trugen und die, als die Kühle sie vom Meer verscheucht hatte, nicht wußten, was sie auf den Straßen anstellen sollten.

»Arlette ist gerade angekommen«, sagte Maigret, als sie sich an einen kleinen Tisch an der Place de la Mairie gesetzt hatten.

»Haben Sie sie gesehen?«

»Ich vermute, sie ist diesmal mit dem Zug gekommen.«

»Ging sie zu ihrer Mutter? Haben Sie mit ihr gesprochen?«

»Wir sind uns nur unterwegs begegnet, etwa hundert Meter vor La Bicoque.«

»Glauben Sie, sie übernachtet dort?«

»Das ist wohl anzunehmen.«

»Sonst ist niemand im Haus, nicht wahr?«

»Heute nacht sind nur Mutter und Tochter dort.«

Das beunruhigte den Inspektor.

»Sie werden doch nicht von mir verlangen, daß ich diesen ganzen Papierkram durchlese?« fragte Maigret und schob die dicke gelbe, mit Dokumenten vollgestopfte Mappe von sich. »Erzählen Sie mir zuerst etwas über das Glas. Sie haben es gefunden und eingepackt?«

»Ja. Es stand auf dem Nachttisch im Zimmer des Mädchens. Ich fragte Madame Besson, ob es auch bestimmt das Glas sei, in dem die Medizin war. Eine Verwechslung schien ausgeschlossen, da das Glas leicht getönt und als letztes Stück eines alten Service übriggeblieben ist.«

»Fingerabdrücke?«

»Die der alten Dame und die von Rose.«

»Die Flasche?«

»Die Flasche mit dem Schlafmittel fand ich im Arzneischrank im Bad an dem angegebenen Platz. Auf ihr sind auch nur die Abdrücke der alten Dame zu finden. Haben Sie übrigens ihr Zimmer gesehen?«

Castaing, wie auch Maigret, war überrascht gewesen, als er das Zimmer Valentines betrat. Sie hatte dem Inspektor mit freudiger Unbefangenheit und ohne Kommentar die Tür geöffnet, aber sie mußte sich der Wirkung sehr genau bewußt sein, die das Zimmer ausstrahlte. Wenn auch das Haus hübsch und mit erlesenem Geschmack eingerichtet war, war man doch nicht darauf gefaßt, sich plötzlich in dem Zimmer einer großen Kokotte zu befinden, in dem alles mit cremefarbenem Satin ausgeschlagen war. Mitten auf dem riesigen Bett hielt eine Siamkatze mit bläulichem Fell Mittagsschlaf und öffnete kaum ihre goldfarbenen Augen, um die fremden Besucher zu begrüßen.

»Vielleicht finden Sie die Einrichtung ein wenig albern für eine alte Frau?«

Als sie in das gekachelte Bad hinübergingen, sagte sie noch: »Wahrscheinlich hängt das damit zusammen, daß ich als junges Mädchen nie ein eigenes Zimmer hatte und mit meinen Schwestern zusammen in einem Mansardenzimmer schlafen mußte. Am Brunnen im Hof mußten wir uns waschen. In der Avenue d'Iéna ließ Ferdinand mir ein Badezimmer ganz in rosa Marmor einrichten, mit Armaturen aus vergoldetem Silber, wo man über drei Stufen in die Wanne steigen konnte.«

Roses Zimmer war leer, ein Windzug bauschte die Baumwollvorhänge auf wie eine Krinoline, der Fußboden war gewachst und die Wände mit einem Blumenmuster tapeziert.

»Was sagt der Gerichtsarzt?«

»Es ist einwandfrei eine Vergiftung. Eine starke Dosis Arsen. Das Schlafmittel hat nichts mit dem Tod des Dienstmädchens zu tun. In dem Bericht steht außerdem, daß die Flüssigkeit einen sehr bitteren Geschmack gehabt haben muß.«

»Das sagte Valentine auch.«

»Und die Rose hat sie trotzdem getrunken. Sehen Sie den Mann auf dem Bürgersteig da drüben, der in das Papiergeschäft geht. Das ist Théo Besson.«

Der Mann war groß und hager, mit markanten Zügen, und schien um die fünfzig zu sein. Er trug einen rostfarbenen Tweedanzug, in dem er sehr englisch wirkte. Er trug keinen Hut, die grauen Haare waren schütter.

Er wurde auf die beiden Männer aufmerksam. Den Inspektor kannte er schon, und wahrscheinlich erkannte er auch Kommissar Maigret. Wie Arlette zögerte er kurz, deutete leicht einen Gruß an und verschwand in dem Papiergeschäft.

»Haben Sie ihn vernommen?«

»Beiläufig. Ich fragte ihn, ob er keine Erklärung abzugeben habe und ob er länger in Etretat bleiben wolle. Er antwortete, er wolle erst abreisen, wenn auch die Hotels schließen würden.«

»Was macht er den ganzen Tag?«

»Er läuft viel am Meer entlang, ganz allein und mit großen regelmäßigen Schritten, wie nicht mehr ganz junge Leute, die in Form bleiben wollen. Gegen elf Uhr badet er, und die übrige Zeit lungert er in der Bar des Kasinos und in den Bistros herum.«

»Trinkt er viel?«

»Ein Dutzend Whiskies pro Tag, aber ich glaube nicht, daß er sich betrinkt. Er liest vier oder fünf Zeitungen. Manchmal spielt er auch, setzt sich dabei aber niemals an einen der Tische.«

»Steht sonst nichts in diesen Berichten?«

»Nichts von Bedeutung.«

»Hat Théo seine Stiefmutter seit Sonntag noch einmal getroffen?«

»Nicht daß ich wüßte.«

»Wer hat sie noch einmal gesehen? Erzählen Sie mir kurz, was am Montag los war. Ich weiß so ungefähr alles über den Sonntag, aber der Ablauf des Montags ist mir ziemlich unklar.«

Er wußte, was Valentine am Dienstag gemacht hatte, denn sie hatte es ihm erzählt. Sie hatte La Bicoque früh verlassen, Madame Leroy blieb dort, und den ersten Zug nach Paris genommen. Mit einem Taxi fuhr sie zum Quai des Orfèvres, wo die Unterhaltung mit dem Kommissar stattfand.

»Haben Sie danach Ihre Tochter besucht?« hatte er sie vorhin gefragt.

»Nein. Warum?«

»Besuchen Sie sie nie, wenn Sie in Paris sind?«

»Selten. Sie leben ihr Leben und ich das meinige. Außerdem mag ich das Viertel Saint-Antoine nicht, wo sie wohnen, und auch nicht ihre kleinbürgerliche Wohnung.‹

»Was haben Sie dann gemacht?«

»Ich habe in einem Restaurant in der Rue Duphot zu Mittag gegessen, wo ich schon immer gerne gegessen habe, zwei, drei Einkäufe im Viertel um die Madeleine gemacht, und bin wieder in den Zug gestiegen.«

»Wußte Ihre Tochter, daß Sie in Paris sind?«

»Nein.«

»Ihr Stiefsohn Charles auch nicht?«

»Ich habe ihm nichts von meinem Plan erzählt.«

Er hätte jetzt gerne erfahren, was alles am Montag passiert war.

»Als ich gegen acht Uhr ankam«, sagte Castaing, »waren alle im Haus einigermaßen aufgeregt, wie Sie sich denken können.«

»Wer war alles da?«

»Madame Besson natürlich.«

»In welcher Aufmachung?«

»Wie gewöhnlich. Ihre Tochter war auch da, unfrisiert und in Hausschuhen. Doktor Jolly war bei ihnen; er ist ein Freund der Familie, nicht mehr ganz jung, ruhig, überlegt. Der alte Gärtner und Charles Besson waren kurz vor mir eingetroffen.«

»Wer gab Ihnen die Informationen?«

»Valentine. Ab und zu unterbrach sie der Doktor, um sie nach einem wichtigen Detail zu fragen. Sie sagte mir, sie habe ihren Stiefsohn telefonisch benachrichtigen lassen. Er sei sehr bewegt und ganz fertig gewesen, schien aber auch erleichtert, daß noch kein Reporter gekommen war und die Leute noch nichts erfahren hatten. Sie haben gerade seinen Bruder gesehen, dem er sehr ähnlich ist, nur ist er dicker und labiler.

Meine Arbeit wurde mir nicht leichtgemacht, denn es gibt kein Telefon im Haus; da ich mehrmals mit Le Havre telefonieren mußte, war ich jedes Mal gezwungen, in die Stadt zu laufen.

Der Doktor mußte noch Krankenbesuche machen und ging als erster.«

»Wurden Roses Eltern nicht benachrichtigt?«

»Nein. Sie schien man vergessen zu haben. Ich bin dann nach Yport gefahren, um es ihnen zu sagen. Der Vater war beim Fischfang. Einer der Brüder und die Mutter begleiteten mich.«

»Wie lief das ab?«

»Eher peinlich. Die Mutter sah Madame Besson an, als ob sie allein die Schuld an den Ereignissen trage und redete nicht ein Wort mit ihr. Der Bruder, dem Charles Besson ich weiß nicht was erzählte, wurde wütend.

›Wir finden die Wahrheit heraus, und glauben Sie ja nicht, daß ich die Sache auf sich beruhen lasse, bloß weil Sie am längeren Arm sitzen!‹

Sie wollten die Leiche gleich nach Yport mitnehmen. Ich konnte sie nur mühsam davon überzeugen, daß sie zuerst nach Le Havre zur Autopsie gebracht werden müsse.

Inzwischen war der Vater mit dem Fahrrad nachgekommen. Er redete mit niemand. Er ist klein, gedrungen, sehr kräftig. Als der Leichenwagen abgefahren war, ging auch er mit seiner Familie. Charles Besson hatte ihnen angeboten, sie im Auto nach Hause zu fahren, aber sie lehnten ab und gingen alle drei zu Fuß; der Alte schob sein Fahrrad neben sich her.

Ich kann Ihnen nicht garantieren, ob die zeitliche Reihenfolge meines Berichts stimmt. Nachbarn kamen, dann drängten auch die Leute aus der Stadt in den Garten. Ich war oben im Haus, zusammen mit Cornu vom Erkennungsdienst, der Fotos machte und Spuren sicherte. Als ich gegen Mittag herunterkam, war Arlette nicht mehr da. Ihre Mutter sagte mir, sie sei nach Paris zurück, damit ihr Mann sich keine Sorgen mache. Charles Besson ist bis drei Uhr nachmittags geblieben und fuhr dann nach Fécamp zurück.«

»Hat er Ihnen von mir erzählt?«

»Nein. Warum?«

»Hat er Ihnen nicht gesagt, daß er sich mit der Bitte an den Minister wenden wolle, mich mit der Untersuchung zu beauftragen?«

»Er hat mir überhaupt nichts davon gesagt, nur, daß er das Nötige bei der Presse veranlassen würde. Sonst fällt mir nichts mehr ein. Ah doch! Abends habe ich Théo Besson auf der Straße getroffen, auf den man mich aufmerksam gemacht hatte, und ich hielt an, um kurz mit ihm zu sprechen.

›Wissen Sie schon, was in La Bicoque passiert ist?‹

›Ich habe davon gehört.‹

›Sie wissen nichts, was mir in meiner Untersuchung weiterhelfen könnte?‹

›Absolut nichts.‹

Er war sehr reserviert und wirkte abweisend. Dann fragte ich ihn, wann er Etretat verlassen wolle und er antwortete, was Sie bereits wissen. Wenn Sie mich heute abend nicht mehr brauchen, würde ich gerne nach Le Havre zurückfahren, um den Bericht zu schreiben. Ich habe meiner Frau versprochen, wenn irgend möglich, zum Abendessen dazusein, weil wir Freunde eingeladen haben.«

Er hatte sein Auto vor dem Hotel stehen und Maigret begleitete ihn durch die stillen Straßen. An manchen Ecken sah man ein Stückchen Meer.

»Beunruhigt Sie das nicht ein wenig, daß Arlette heute bei ihrer Mutter übernachtet und die beiden Frauen allein im Haus sind?«

Er machte sich Sorgen, und da Maigret so ruhig blieb, fand er, dieser würde die Sache vielleicht leichtnehmen.

Im zunehmenden Abendrot der Sonne schienen die Hausdächer zu brennen und färbte sich das Meer stellenweise eisiggrün: als ob die Welt gegenüber der untergehenden Sonne in einer unmenschlichen Unvergänglichkeit zu erstarren begann.

»Wann soll ich morgen früh hier sein?«

»Nicht vor neun. Vielleicht könnten Sie für mich das Palais de Justice anrufen und alle verfügbaren Auskünfte über Arlette Sudre und ihren Mann einholen. Ich würde auch gerne wissen, was Charles Besson so treibt, wenn er in Paris ist. Und wenn Sie schon dabei sind, erfahren Sie vielleicht etwas über Théo. Versuchen Sie, Lucas an den Apparat zu bekommen. Ich möchte diese Dinge nicht von hier aus am Telefon besprechen.«

Die meisten Passanten drehten sich nach ihnen um und man beobachtete sie hinter den Schaufensterauslagen. Maigret wußte noch nicht, was er mit dem Abend anfangen würde und wo er mit der Untersuchung beginnen sollte. Ab und zu sagte er mechanisch vor sich hin:

»Die Rose ist tot.«

Sie war die einzige, über die er noch nichts erfahren hatte, außer daß sie kräftig gebaut und vollbusig war.

Er sagte zu Castaing, der gerade den Motor anließ:

»Sie besaß doch bestimmt persönliche Gegenstände in ihrem Zimmer bei Valentine. Was hat man mit ihnen gemacht?«

»Ihre Eltern packten alles in ihren Koffer und nahmen ihn mit.«

»Haben Sie gefragt, ob Sie sie durchsehen dürfen?«

»Ich traute mich nicht. Wenn Sie sie je besuchen, werden Sie den Grund verstehen. Sie empfangen einen nicht gerade freundlich, betrachten einen mißtrauisch, schauen einander an, und geben dann einsilbige Antworten.«

»Ich gehe wahrscheinlich morgen hin.«

»Es würde mich wundern, wenn Charles Besson Sie nicht heimsuchte. Wo er doch dem Minister so zugesetzt hat, um Sie wegen dieser Geschichte herzubekommen.«.

Castaing machte sich mit seinem Auto auf den Weg nach Le Havre, und Maigret ging nicht ins Hotel, sondern zum Kasino, dessen Terrasse hoch über dem Strand lag. Es geschah ganz unwillkürlich. Er gab wie alle Städter diesem Drang nach, sich am Meer den Sonnenuntergang anzusehen. Alle Badegäste, die sich noch in Etretat aufhielten, standen da, junge Mädchen in hellen Kleidern, ein paar ältere Damen, die auf den Augenblick warteten, wo die Sonne unterging und aus den Wellen der berühmte grüne Schimmer aufleuchtete.

Maigret taten dabei die Augen weh, so daß er den grünen Schimmer nicht sah, und er ging in die Bar, wo ihn eine bekannte Stimme ansprach:

»Was ist denn nun los?«

»Hallo! Charlie!«

Maigret hatte den Barkeeper in einem Lokal in der Rue Daunou kennengelernt und war überrascht, ihm hier wieder zu begegnen.

»Ich wußte doch, daß Sie die Geschichte in die Hand nehmen würden. Was halten Sie davon?«

»Und Sie?«

»Ich finde, die alte Dame hatte riesiges Glück und das Mädchen verdammtes Pech.«

Maigret trank einen Calvados, weil er nun mal in der Normandie war und damit angefangen hatte. Charlie bediente andere Gäste. Théo Besson hatte sich gerade auf einen Barhocker gesetzt und schlug eine Pariser Zeitung auf, die er wahrscheinlich gerade am Bahnhof gekauft hatte.

Außer einigen kleinen rosa Wolken hatte die Welt draußen jede Farbe verloren, während die regungslose Unendlichkeit des Himmels sich über dem unendlich weiten Meer wölbte.

Er schlenderte noch ein bißchen herum, benommen vom Calvados, ging dann zum Hotel, dessen Fassade sich in der Abenddämmerung kreideweiß abhob. Er ging durch die Grünpflanzen die Treppe hinauf, stieß die Tür auf und ging auf dem roten Teppich zur Anmeldung, um seinen Zimmerschlüssel zu holen.

Der Geschäftsführer beugte sich vertraulich nach vorn:

»Eine Dame erwartet Sie seit einiger Zeit.« Dabei schaute er in eine Ecke der Eingangshalle, in der rote Samtsessel standen.

»Ich habe ihr gesagt, daß ich nicht wüßte, wann Sie zurückkämen, und sie antwortete, sie würde warten. Es ist...«

Er sprach so leise und stockend einen Namen aus, daß Maigret ihn nicht verstand. Aber als er sich umdrehte, erkannte er Arlette Sudre, die in diesem Augenblick aus dem Sessel aufstand.

Besser als am Nachmittag fiel ihm ihre elegante Erscheinung auf, vielleicht weil sie hier die einzige war, die städtisch angezogen war mit einem sehr pariserisch angehauchten Hut, der an einen Fünf-Uhr-Tee im Madeleineviertel denken ließ.

Er ging auf sie zu und fühlte sich dabei nicht sehr wohl in seiner Haut.

»Erwarten Sie mich? Kommissar Maigret.«

»Wie Sie bereits wissen, bin ich Arlette Sudre.«

Er deutete mit einer Kopfbewegung an, daß er es schon wußte. Danach schwiegen beide einen Augenblick. Sie schaute sich um, wie um damit anzudeuten, daß man sich in diesem Foyer nur schwierig unterhalten könne, wo ein altes Ehepaar sie nicht aus den Augen ließ und die Ohren spitzte.

»Ich nehme an, Sie wollen mit mir unter vier Augen sprechen? Leider sind wir nicht im Quai des Orfèvres. Ich weiß nicht, wo . . .«

Er schaute ebenfalls herum. Er konnte sie nicht auf sein Zimmer einladen. Die Bedienung legte die Gedecke im Speisesaal auf, in dem etwa zweihundert Personen Platz nehmen konnten, wo aber heute kaum mehr als zwanzig Gäste zu erwarten waren.

»Das einfachste wäre, Sie würden mit mir hier etwas essen. Ich könnte einen etwas ruhigeren Tisch aussuchen ...«

Weniger verlegen als er, nahm sie seinen Vorschlag ganz selbstverständlich und ohne sich zu bedanken an und folgte ihm in den noch leeren Saal.

»Können wir schon etwas zu essen bekommen?« fragte er die Bedienung.

»In einigen Minuten. Sie können schon Platz nehmen. Zwei Gedecke?«

»Einen Augenblick. Können wir etwas zu trinken bestellen?«

Er wandte sich fragend an Arlette.

»Martini«, sagte sie herablassend.

»Zwei Martinis.«

Er war immer noch etwas verlegen, nicht nur, weil ein Mann am letzten Sonntag einen Teil der Nacht in Arlettes Zimmer verbracht hatte. Sie war der Typ einer hübschen Frau, mit der ein Mann durch einen glücklichen Zufall allein diniert, wobei er heimlich die Eintretenden mustert, aus Angst, erkannt zu werden. Und nun aß er hier mit ihr zu Abend.

Sie kam ihm nicht entgegen, sah ihn ruhig an, als ob es an ihm wäre zu sprechen und nicht an ihr.

»Sie sind also wieder aus Paris gekommen«, sagte er einlenkend.

»Sollten Sie erraten haben, warum?«

Wahrscheinlich war sie hübscher als ihre Mutter es je gewesen war, aber im Gegensatz zu ihr wollte Arlette nicht gefallen, blieb zurückhaltend, und es fehlte die Herzlichkeit in ihren Augen.

»Wenn Sie es noch nicht wissen, werde ich es Ihnen sagen.«

»Wollen Sie über Hervé sprechen?«

Die Martinis wurden serviert, sie nippte daran und holte ein Taschentuch aus ihrer schwarzen Wildledertasche und griff automatisch nach einem Lippenstift, den sie aber nicht benutzte.

»Was wollen Sie unternehmen?« fragte sie und schaute ihm dabei direkt in die Augen.

»Ich verstehe die Frage nicht.«

»Ich kenne mich nicht besonders aus in diesen Dingen, aber ich lese ab und zu Zeitung. Bei einem solchen Unglück wie Sonntag abend wühlt die Polizei gewöhnlich im Privatleben aller mehr oder weniger daran Beteiligten, wobei es keine Rolle spielt, ob man nun schuldig oder unschuldig ist. Da ich verheiratet bin und meinen Mann sehr liebe, frage ich Sie, was Sie tun werden.«

»Wegen des Taschentuchs?«

»Vielleicht.«

»Ist Ihr Mann nicht informiert?«

Er sah, wie ihr Mund vor Ungeduld oder vor Wut zitterte, und sie sagte nur:

»Sie reden wie meine Mutter.«

»Weil Ihre Mutter glaubte, daß Ihr Mann vielleicht Bescheid weiß über Ihre außerehelichen Beziehungen?«

Sie lachte kurz und verächtlich.

»Sie überlegen sich genau, was Sie sagen, nicht wahr?«

»Wenn es Ihnen lieber ist, werde ich offen mit Ihnen reden. Nach allem, was Sie mir gerade gesagt haben, glaubte Ihre Mutter, Ihr Mann wäre diesbezüglich äußerst großzügig.«

»Wenn sie es nicht gedacht hat, so hat sie es gesagt.«

»Da ich ihn nicht kennengelernt habe, kann ich dazu nichts sagen. Jetzt ...«

Sie schaute ihn immer noch unverwandt an, und er sagte absichtlich boshaft:

»Nun, Sie sind selber schuld, wenn jemand auf diese Gedanken kommt. Sie sind 38 Jahre alt, glaube ich? Sie sind seit achtzehn Jahren verheiratet. Es fällt einem schwer zu glauben, daß Ihr Abenteuer am Sonntag das erste dieser Art sein soll.«

»Es ist allerdings nicht das erste.«

»Sie verbrachten eine Nacht im Haus Ihrer Mutter und meinten, Ihren Geliebten dort einschmuggeln zu müssen.«

»Vielleicht haben wir nicht so oft Gelegenheit, eine Nacht zusammen zu verbringen.«

»Ich urteile nicht, ich konstatiere. Deswegen anzunehmen, daß Ihr Mann im Bilde ist ...«

»Er war es nicht und ist es noch nicht. Deshalb bin ich auch zurückgekommen nach meiner etwas überstürzten Abreise.«

»Warum sind Sie Montagmittag abgefahren?«

»Ich wußte nicht, was aus Hervé geworden war, als er das Haus verlassen hatte, weil Rose anfing zu stöhnen. Ich wußte nicht, wie mein Mann auf die Nachricht reagieren würde. Ich wollte vermeiden, daß er herkommt.«

»Ich verstehe. Und als Sie in Paris waren, haben Sie sich Sorgen gemacht.«

»Ja. Ich rief Charles an, und er erzählte mir, daß Sie mit den Ermittlungen beauftragt worden seien.«

»Hat Sie das beruhigt?«

»Nein.«

»Kann ich servieren, meine Herrschaften?«

Er nickte, und sie redeten erst weiter, als sie die Suppe vor sich hatten.

»Erfährt mein Mann etwas davon?«

»Nur wenn es unbedingt notwendig ist.«

»Verdächtigen Sie mich, ich hätte versucht, meine Mutter zu vergiften?«

Er vergaß den Löffel in den Mund zu schieben und schaute sie verblüfft und etwas bewundernd an.

»Warum fragen Sie mich das?«

»Weil ich die einzige Person im Haus war, die das Gift in das Glas schütten konnte. Genauer gesagt, ich war die einzige, die sich noch im Haus aufhielt, als es passierte.«

»Sie wollen sagen, Mimi hätte es vor der Abfahrt tun können?«

»Mimi oder Charles oder auch Théo. Nur wird man zwangsläufig an mich denken.«

»Warum zwangsläufig?«

»Weil alle überzeugt sind, daß ich meine Mutter nicht liebe.«

»Und stimmt das?«

»Es stimmt ungefähr.«

»Würde es Ihnen viel ausmachen, wenn ich Ihnen einige

Fragen stelle? Wobei ich betone, daß ich sie nicht dienstlich stelle. Sie sind es gewesen, die mich aufsuchte.«

»Sie hätten sie irgendwann doch stellen müssen, nicht wahr?«

»Möglich, und sogar wahrscheinlich.«

Das ältere Paar saß drei Tische weg von ihnen, außerdem saß noch eine Frau mittleren Alters an einem Tisch, die ihren etwa achtzehn Jahre alten Sohn nicht aus den Augen ließ und ihn bemutterte wie ein Baby. Von einem Tisch, an dem lauter junge Mädchen saßen, kam ab und zu schallendes Gelächter herüber.

Maigret und seine Begleiterin unterhielten sich leise, scheinbar ruhig und sachlich, und aßen dabei.

»Seit wann lieben Sie Ihre Mutter nicht mehr?«

»Seit dem Tag, an dem ich merkte, daß sie mich nie geliebt hat, daß meine Geburt nicht geplant war und ich ihr Leben verpfuscht hatte.«

»Wann machten Sie diese Entdeckung?«

»Als ich noch ein kleines Mädchen war. Es ist übrigens einseitig, wenn ich dabei nur von mir rede. Ich sollte sagen, daß Mama nie jemand geliebt hat, nicht einmal mich.«

»Hat sie Ihren Vater auch nicht geliebt?«

»Von dem Tag, an dem er starb, wurde sein Name nicht mehr erwähnt. Ich wette, daß Sie nicht eine einzige Fotografie meines Vaters im Haus finden. Sie sind ja vorhin dort gewesen und haben Mamas Zimmer gesehen. Ist Ihnen nichts aufgefallen?«

Er dachte angestrengt nach und gestand dann:

»Nein.«

»Vielleicht haben Sie noch nicht oft die Gelegenheit gehabt, ältere Damen in ihren Wohnungen zu besuchen. Meistens sehen Sie an den Wänden und auf den Möbelstücken eine Unmenge Fotografien.«

Sie hatte recht. Er erinnerte sich jedoch an ein Porträt, das Bild eines alten Mannes, das in einem prächtigen Silberrahmen auf dem Nachttisch stand.

»Mein Stiefvater«, antwortete sie auf seinen Einwand. »Erstens steht es vor allem wegen dem Rahmen da. Zweitens ist er immerhin der ehemalige Besitzer der *Juva*-Produkte, was nicht vergessen werden darf. Und drittens hat er sein halbes Leben damit zugebracht, meiner Mutter jeden Wunsch von den Augen abzulesen und ihr all das zu geben, was sie besessen hat. Haben Sie ein Bild von mir gesehen? Haben Sie welche von meinen Stiefbrüdern gesehen? Charles fotografiert zum Beispiel leidenschaftlich gern seine Kinder in allen Lebensabschnitten und schickt Abzüge an die Familie. Bei Mama liegen alle diese Bilder in einer Schublade, zusammen mit Bleistiftstummeln, alten Briefen, Garnrollen, was weiß ich. An den Wänden aber hängen Fotos von ihr, von ihren Autos, ihrem Schloß, ihrer Yacht, ihren Katzen, vor allem von ihren Katzen.«

»Sie lieben sie wirklich nicht!«

»Ich glaube, ich nehme ihr das nicht einmal mehr übel.«

»Warum?«

»Das spielt keine Rolle. Doch wenn man versucht hat, sie zu vergiften . . .«

»Verzeihung. Sie sagten gerade, *wenn*.«

»Ich habe das nur so gesagt, obwohl man bei Mama nie weiß . . .«

»Wollen Sie damit vielleicht andeuten, sie hat es vorgetäuscht, daß man sie vergiften wollte?«

»Das ließe sich nicht aufrecht erhalten, weil das Gift ja im Glas war, und zwar genug für einen Mord, denn die arme Rose ist tot.«

»Ihre Stiefbrüder und Ihre Schwägerin teilten Ihr ... sagen wir Ihr Desinteresse, wenn nicht Ihre Abneigung Ihrer Mutter gegenüber?«

»Ja, aber aus anderen Gründen. Mimi mag sie nicht, weil sie der Meinung ist, daß mein Stiefvater ohne sie nicht sein Vermögen verloren hätte.«

»Stimmt das?«

»Ich weiß nicht. Sicher ist nur, daß er am meisten Geld für sie ausgegeben hat und vor allem ihr damit imponieren wollte.«

»Wie waren Ihre Beziehungen zu Ihrem Stiefvater?«

»Beinahe unmittelbar nach der Hochzeit steckte Mama mich in ein sehr vornehmes und sehr teures Schweizer Pensionat unter dem Vorwand, mein Vater wäre tuberkulös gewesen und meine Lunge müßte beobachtet werden.«

»Unter dem Vorwand?«

»Ich habe noch nie in meinem Leben gehustet. Doch die Anwesenheit einer erwachsenen Tochter störte. Vielleicht war sie auch eifersüchtig.«

»Worauf?«

»Ferdinand neigte dazu, mich zu verwöhnen und zu verhätscheln. Als ich mit siebzehn Jahren nach Paris zurückkehrte, war er auf einmal ständig hinter mir her.«

»Sie wollen sagen ...?«

»Nein. Nicht gleich. Ich war achtzehneinhalb, als das

passierte. Ich zog mich abends zum Theater um. Er kam in mein Zimmer, bevor ich fertig angezogen war.«

»Was geschah dann?«

»Nichts. Er wurde zudringlich, und ich habe ihn geohrfeigt. Daraufhin fiel er vor mir auf die Knie und fing an zu weinen, wobei er mich anflehte, Mama nichts zu sagen und nicht wegzufahren. Er schwor mir, er habe sich nur einen Augenblick vergessen und es würde nie wieder vorkommen.«

Ohne jede innere Bewegung fügte sie hinzu:

»Er sah so lächerlich aus, in seinem Anzug und mit der Hemdenbrust, die aus der Weste gerutscht war. Er mußte Hals über Kopf aufstehen, weil das Zimmermädchen hereinkam.«

»Sie sind geblieben?«

»Ja.«

»Waren Sie in jemand verliebt?«

»Ja.«

»In wen?«

»In Théo.«

»War er auch in Sie verliebt?«

»Er beachtete mich nicht. Er wohnte in einer Junggesellenwohnung im Erdgeschoß, und ich wußte, daß er trotz des Verbots seines Vaters Frauen mit nach Hause brachte. Ich habe ihm nächtelang aufgelauert. Eine war eine kleine Tänzerin am Châtelet, und eine Zeitlang kam sie beinahe jeden Abend. Ich hatte mich im Zimmer versteckt.«

»Haben Sie ihr eine Szene gemacht?«

»Ich weiß nicht mehr genau, was ich gemacht habe, aber sie zog wütend ab, und ich blieb mit Théo allein.«

»Und dann?«

»Er wollte nicht. Ich habe ihn beinahe dazu zwingen müssen.«

Sie redete leise und mit einer solchen Selbstverständlichkeit, daß es etwas Verwirrendes an sich hatte, noch dazu in diesem kleinbürgerlichen Urlaubsrahmen, mit der Bedienung in ihrem schwarzen Kleid und der weißen Schürze, die von Zeit zu Zeit an den Tisch kam und sie unterbrach.

»Und danach?« wiederholte er.

»Es gab kein danach. Wir gingen uns aus dem Weg.«

»Warum?«

»Wahrscheinlich schämte er sich.«

»Und Sie?«

»Weil ich angeekelt war von den Männern.«

»Haben Sie deswegen so plötzlich geheiratet?«

»Nicht gleich danach. Über ein Jahr habe ich mit allen Männern geschlafen, mit denen ich zusammenkam.«

»Aus Ekel?«

»Ja. Sie können das nicht verstehen.«

»Und dann?«

»Ich begriff, daß es nicht gut so weitergehen könnte; ich war angeekelt, ich wollte neu anfangen.«

»Indem Sie heirateten?«

»Indem ich versuchen wollte, so zu leben wie andere auch.«

»Und als Sie verheiratet waren, haben Sie weitergemacht?«

Sie schaute ihn ernst an und sagte dann: »Ja.«

Es entstand eine lange Pause, in der man das Lachen der jungen Mädchen vom anderen Tisch herüberhörte.

»Vom ersten Jahr an?«

»Vom ersten Monat an.«

»Warum?«

»Ich weiß nicht. Weil ich nicht anders kann. Julien hat nie etwas gemerkt, und ich wäre mit allem einverstanden, damit er auch jetzt nichts erfährt.«

»Lieben Sie ihn?«

»Vielleicht lachen Sie! Ja. Er ist jedenfalls der einzige Mann, den ich respektiere. Haben Sie noch weitere Fragen an mich?«

»Wenn ich alles verdaut habe, was Sie mir bisher erzählt haben, wahrscheinlich.«

»Lassen Sie sich Zeit.«

»Übernachten Sie in La Bicoque?«

»Es wird mir wohl nichts anderes übrigbleiben. Die Leute würden nicht verstehen, warum ich ins Hotel gehe, und vor morgen früh fährt kein Zug.«

»Haben Sie sich gestritten? Ihre Mutter und Sie?«

»Wann?«

»Heute nachmittag.«

»Wir haben uns wie gewöhnlich die Meinung gesagt. Es ist beinahe ein Ritual geworden, sobald wir zusammen sind.«

Sie hatte keinen Nachtisch bestellt und bevor sie vom Tisch aufstand, zog sie die Lippen nach und betupfte das Gesicht mit einer winzig kleinen Puderquaste.

Er hatte noch nie so helle Augen gesehen wie ihre; sie waren noch klarer als die Valentines, aber ebenso ausdruckslos wie der Himmel, an dem Maigret gerade vergeblich den grünen Schimmer gesucht hatte.

4

Der Weg zur Steilküste

Maigret fragte sich, ob mit dem Ende der Mahlzeit auch ihre Unterhaltung beendet sei oder ob sie woanders weiterreden sollten. Arlette zündete sich gerade eine Zigarette an, als der Geschäftsführer auf den Kommissar zukam und ihm mit so leiser Stimme etwas zuflüsterte, daß Maigret ihn bitten mußte, es zu wiederholen.

»Sie werden am Telefon verlangt.«

»Von wem?«

Der Geschäftsführer schaute die junge Frau so bedeutungsvoll an, daß beide mißtrauisch wurden. Arlettes Gesicht nahm einen harten Zug an, behielt jedoch seinen unbeteiligten Ausdruck.

»Würden Sie mir bitte sagen, wer mich am Telefon verlangt?« fragte der Kommissar ungeduldig.

Der Mann war verärgert, als ob er gezwungenermaßen ein Staatsgeheimnis preisgeben müßte:

»Monsieur Charles Besson.«

Maigret lächelte verstohlen zu Arlette hinüber, die wohl geglaubt hatte, es handle sich um ihren Mann, stand auf und fragte: »Warten Sie auf mich?«

Nachdem ihre Augen ihm zu verstehen gaben, daß sie warten würde, ging er zur Kabine; der Geschäftsführer lief neben ihm und erklärte:

»Es wäre besser gewesen, ich hätte Ihnen die Nachricht

überbringen lassen, nicht wahr? Ich muß mich für dieses Versehen eines meiner Angestellten entschuldigen. Anscheinend rief Monsieur Besson schon im Lauf des Tages zwei- oder dreimal an, und man vergaß Ihnen das zu sagen, als Sie zum Abendessen zurückkamen.«

Eine sonore Stimme war am anderen Ende der Leitung, eine Stimme, bei der der Apparat zu vibrieren schien.

»Kommissar Maigret? Ich bin untröstlich und außer mir. Ich weiß nicht, wie ich mich entschuldigen soll, aber vielleicht nehmen Sie es mir nicht zu sehr übel, wenn Sie hören, wie es mir ergangen ist.«

Maigret kam nicht zu Wort. Die Stimme fuhr fort:

»Ich reiße Sie aus Ihrer Arbeit, Ihrer Familie. Ich lasse Sie nach Etretat kommen und bin nicht einmal da, um Sie zu empfangen. Wissen Sie, daß ich vorhatte, heute morgen an den Bahnhof zu kommen und ich umsonst versuchte, den Bahnhofsvorsteher ans Telefon zu bekommen, damit er Ihnen eine Nachricht zukommen läßt? Hallo!«

»Ja.«

»Stellen Sie sich vor, ich mußte letzte Nacht ganz Hals über Kopf nach Dieppe, weil die Mutter meiner Frau gestorben ist.«

»Sie ist gestorben?«

»Erst heute nachmittag, aber ich war gezwungen zu bleiben, da sie nur Töchter hat und ich der einzige Mann im Haus war. Sie wissen ja, wie so etwas ist. Man muß an alles denken. Ich konnte Sie von zu Hause nicht anrufen, weil die Sterbende nicht das geringste Geräusch vertragen konnte; ich habe mich dreimal für ein paar Minuten aus dem Haus gestohlen, um Sie aus einer Bar in der Nähe anzurufen. Es war entsetzlich.«

»Hat sie sehr gelitten?«

»Nicht besonders, aber sie wußte, daß sie sterben würde.«

»Wie alt war sie?«

»88 Jahre. Ich bin jetzt wieder in Fécamp und versorge die Kinder. Meine Frau ist unten geblieben und hat nur das Baby bei sich. Wenn Sie es jedoch wünschen, kann ich mich ins Auto setzen und Sie schon heute abend treffen. Ansonsten sagen Sie mir, wann ich Sie morgen vormittag am wenigsten störe, und ich werde pünktlich bei Ihnen sein.«

»Haben Sie mir etwas mitzuteilen?«

»Sie meinen wegen der Geschichte am Sonntag? Ich weiß nicht mehr als das, was Sie schon wissen. Ah! Ich wollte Ihnen aber sagen, daß ich von allen Zeitungen von Le Havre bis Rouen die Zusage erhalten habe, daß sie nichts über den Fall bringen. In Paris ist es faktisch genau so. Das hat mich einige Mühe gekostet. Ich mußte am Dienstag früh persönlich nach Rouen. Sie haben den Vorfall in drei Zeilen gemeldet und geschrieben, es handle sich vermutlich um einen Unfall.«

Endlich holte er Luft, aber nun hatte ihm der Kommissar nichts zu sagen.

»Sind Sie gut untergebracht? Hat man Ihnen ein gutes Zimmer gegeben? Ich hoffe, Sie klären diese bedauerliche Geschichte auf. Ich weiß nicht, ob Sie Frühaufsteher sind. Ist es Ihnen recht, wenn ich um 9 Uhr in Ihrem Hotel bin?«

»Wenn Ihnen das paßt.«

»Ich bedanke mich bei Ihnen und möchte mich noch einmal bei Ihnen entschuldigen.«

Maigret verließ die Zelle und sah Arlette, die allein im Speisesaal saß, die Ellenbogen auf dem Tisch aufgestützt, während abgeräumt wurde.

»Er mußte nach Dieppe fahren«, sagte er.

»Ist sie endlich gestorben?«

»War sie krank?«

»Sie stirbt schon seit zwanzig oder dreißig Jahren. Charles wird sich freuen.«

»Mochte er sie nicht?«

»Er wird eine Zeit sorgenlos leben können, denn er erbt ein großes Vermögen. Kennen Sie Dieppe?«

»Nur flüchtig.«

»Die Montet besitzen dort ungefähr ein Viertel der Häuser. Er wird ein reicher Mann, aber er wird über kurz oder lang das Geld bei irgendeiner abenteuerlichen Geschichte verlieren. Es sei denn, Mimi erlaubt es nicht, denn im Grunde gehört ihr das Geld und ich glaube, sie kann sich durchsetzen.«

Es war eigenartig: sie redete über diese Dinge ohne jede Feindseligkeit; in ihrer Stimme lag weder Bosheit noch Neid. Sie redete über die Leute einfach so, wie sie sie sah, und sie erschienen in einem viel schonungsloseren Licht als auf den Fotos der anthropometrischen Abteilung.

Maigret hatte ihr gegenüber wieder Platz genommen und stopfte seine Pfeife, doch er zögerte sie anzuzünden.

»Sie sagen mir, wenn ich Sie störe.«

»Sie haben es anscheinend nicht eilig, nach La Bicoque zu kommen?«

»Nein, gar nicht.«

»Heißt das, Sie nehmen mit jeder Gesellschaft vorlieb?«

Er wußte genau, daß es nicht stimmte und sie jetzt, wo sie einmal am Reden war, wahrscheinlich mehr erzählen wollte. Aber in diesem riesigen Saal, in dem gerade beinahe alle Lampen ausgemacht wurden und das Personal ihnen zu verstehen gab, daß sie gehen sollten, war es schwierig, das Gespräch da aufzunehmen, wo sie stehengeblieben waren.

»Möchten Sie woanders hingehen?«

»Wohin? In einer Bar könnten wir Théo begegnen, den ich lieber nicht treffen möchte.«

»Lieben Sie ihn noch?«

»Nein. Ich weiß nicht.«

»Sind Sie ihm böse?«

»Ich weiß nicht. Kommen Sie. Wir können auch ein Stück gehen.«

Draußen war es dunkel und Nebel dämpfte den Schein der wenigen elektrischen Straßenlaternen. Lauter als tagsüber drang das gleichmäßige Rauschen des Meeres zu ihnen herüber, das zu einem Brausen anschwoll.

»Darf ich Ihnen noch ein paar Fragen stellen?«

Sie trug Schuhe mit hohen Absätzen, und er vermied mit Rücksicht auf sie Straßen ohne Bürgersteige, vor allem solche mit holprigem Pflaster, wo sie sich den Knöchel verstauchen konnte.

»Deswegen bin ich hier. Irgendwann werden Sie mir sowieso Fragen stellen müssen, nicht wahr? Ich möchte morgen mit ruhigem Gewissen nach Paris zurückfahren.«

Seit seiner Jugend war Maigret nur noch selten abends in Begleitung einer hübschen Frau durch die dunklen und leeren Straßen einer Kleinstadt gewandert, und er empfand beinahe Schuldgefühle. Kaum ein Mensch begegnete ihnen. Man hörte ihre Schritte lange bevor man ihre Schatten sah, die meisten drehten sich nach diesem Paar um, das noch so spät unterwegs war, vielleicht beobachtete man sie auch hinter den Vorhängen der erleuchteten Fenster.

»Am Sonntag hatte Ihre Mutter Geburtstag, wenn ich recht verstanden habe.«

»Am 3. September, ja. Für meinen Stiefvater war dieser Tag so bedeutend wie ein Nationalfeiertag und er duldete nicht, daß jemand aus der Familie fehlte. Wir behielten später die Gewohnheit bei, uns bei unserer Mutter zu treffen. Das ist sozusagen Tradition geworden, verstehen Sie?«

»Außer bei Théo, nach dem, was Sie mir vorhin erzählten.«

»Außer bei Théo, und zwar seit dem Tod seines Vaters.«

»Brachten Sie Geschenke mit, und darf ich wissen, welche?«

»Durch einen komischen Zufall brachten Mimi und ich beinahe das gleiche Geschenk mit, einen Spitzenschal. Es war schwierig, meiner Mutter etwas zu schenken, weil sie alles hatte, was sie sich nur wünschte, die teuersten und ausgefallensten Sachen. Brachte man ihr eine Kleinigkeit mit, lachte sie laut; ein Lachen, das wehtut, und sie bedankte sich mit übertriebener Herzlichkeit. Da sie Spitzen über alles liebt, hatten wir beide die gleiche Idee.«

»Keine Schokolade, keine Bonbons, keine Leckereien?«

»Ich weiß, was Sie denken. Niemand käme auf die Idee, ihr Schokolade oder Süßigkeiten zu schenken, die sie überhaupt nicht mag. Sehen Sie, Mama gehört zu den Frauen, die zwar zierlich und zart wirken, aber einen gebratenen oder marinierten Hering, ein Glas Gurken oder ein schönes Stück geräucherten Speck allen Leckereien vorziehen.«

»Und Sie?«

»Ich nicht.«

»Hat irgend jemand in der Familie je etwas davon geahnt, was sich damals zwischen Ihrem Stiefvater und Ihnen abspielte?«

»Offen gesagt, ich bin mir nicht ganz sicher, aber ich könnte schwören, daß Mama immer schon davon gewußt hat.«

»Von wem hätte sie es erfahren können?«

»Von niemand. Entschuldigen Sie, wenn es wieder so aussieht, als würde ich schlecht über die Leute reden, aber sie stand immer an der Tür und spionierte. Das ist eine Manie bei ihr. Erst bespitzelte sie mich und dann überwachte sie Ferdinand. Sie bekam alles im Haus mit, in *ihrem* Haus, auch alles über den Diener, den Chauffeur und die Mädchen.«

»Warum?«

»Um es zu wissen. Weil es *ihr* Haus war.«

»Und Sie glauben, daß sie auch über Théo und Sie Bescheid weiß?«

»Ich bin beinahe sicher.«

»Hat sie mit Ihnen nie darüber geredet, nie eine Anspielung gemacht? Sie waren noch nicht einmal zwanzig, oder? Sie hätte Sie warnen müssen!«

»Weswegen?«

»Als Sie verkündeten, Sie würden Julien Sudre heiraten, hat sie nicht versucht, Sie davon abzuhalten? Kurz und gut, diese Heirat galt doch als unstandesgemäß. Ferdinand Besson stand auf dem Höhepunkt seiner Karriere. Sie lebten im Luxus und heirateten einen Zahnarzt ohne Vermögen und Zukunft.«

»Mama äußerte sich nicht dazu.«

»Und Ihr Stiefvater?«

»Er traute sich nicht. Er war mir gegenüber gehemmt. Ich glaube, er machte sich Vorwürfe. Im Grunde ist er wohl ein aufrichtiger, sogar ein gewissenhafter Mensch gewesen. Er war fest davon überzeugt, daß ich diesen Schritt seinetwegen tat. Er wollte mir eine ansehnliche Mitgift schenken, die Julien ablehnte.«

»Auf Ihren Rat hin?«

»Ja.«

»Hat Ihre Mutter nie einen Verdacht gehabt?«

»Nein.«

Sie gingen jetzt auf einem Weg, der zur Steilküste hinaufführte. Sie sahen, wie der Strahl des Leuchtturms von Antifer in regelmäßigen Abständen über den Himmel glitt, und sie hörten von irgendwoher den dumpfen Ton des Nebelhorns. Ein starker Tanggeruch stieg bis zu ihnen herauf. Trotz ihrer hohen Absätze und ihrer Pariser Kleidung zeigte Arlette weder Zeichen von Ermüdung noch klagte sie über die Kälte.

»Ich möchte Sie etwas anderes, persönlicheres fragen.«

»Ich kann mir denken, was Sie fragen wollen.«

»Wann wußten Sie, daß Sie keine Kinder bekommen würden? Vor der Heirat?«

»Ja.«

»Wie?«

»Haben Sie vergessen, was ich Ihnen soeben erzählt habe?«

»Ich habe es nicht vergessen, aber ...«

»Nein, ich habe überhaupt keine Verhütungsmittel benutzt und dies auch den Männern nicht erlaubt.«

»Warum?«

»Ich weiß nicht. Vielleicht aus einem Gefühl der Sauberkeit heraus.«

Er hatte den Eindruck, als ob sie in der Dunkelheit erröten würde, und ihre Stimme klang irgendwie verändert.

»Wodurch haben Sie Gewißheit erlangt?«

»Durch einen jungen Arzt, einen Internisten aus Lariboisière.«

»Der Ihr Liebhaber war.«

»Wie die anderen auch. Er untersuchte mich und ließ mich auch von Kollegen untersuchen.«

Er zögerte verlegen, weil ihm eine Frage auf der Zunge lag. Sie merkte es.

»Reden Sie! Wenn ich nun schon einmal so weit bin ...«

»Beschränkten sich diese Termine mit seinen Freunden auf den rein medizinischen Bereich oder auch ...«

»*Oder auch*, ja!«

»Jetzt verstehe ich!«

»Daß ich das Gefühl hatte, ich müßte mit all dem Schluß machen, nicht wahr?«

Sie redete immer noch mit dieser inneren Distanz und mit unveränderter Stimme, als ob nicht von ihr, sondern von irgendeinem pathologischen Fall die Rede wäre.

»Fragen Sie weiter!«

»Nun gut. Im Verlauf dieser ... dieser amourösen Erfahrungen oder später, mit Ihrem Mann oder mit anderen, haben Sie da schon ...«

»Den normalen Genuß gehabt. Meinten Sie das?«

»Ich wollte statt Genuß Befriedigung sagen.«

»Weder das eine noch das andere. Sehen Sie, Sie sind nicht der erste, der mich danach fragt. Es kommt vor, daß ich mit einem Mann von der Straße mitgehe, es kommt aber auch vor, daß ich mit intelligenten Männern, mit Leuten, Männern in höheren Positionen schlafe ...«

»Gehört Hervé Peyrot zu ihnen?«

»Er ist ein Dummkopf und ein Laffe.«

»Wie würden Sie reagieren, wenn Ihre Mutter Ihnen plötzlich eröffnen würde, daß sie über diesen Punkt in Ihrem Leben Bescheid weiß?«

»Ich würde ihr sagen, sie soll sich um ihre eigenen Angelegenheiten kümmern.«

»Nehmen Sie einmal an, sie würde Ihnen raten, alles Ihrem Mann zu erzählen, in dem Gefühl, es sei ihre Pflicht, und in der Hoffnung, Sie vor schlimmen Erfahrungen zu bewahren!«

Schweigen. Sie blieb stehen.

»Wollten Sie das erreichen?« fragte sie vorwurfsvoll.

»Ich wollte es eigentlich gar nicht.«

»Ich weiß nicht. Ich habe Ihnen schon einmal gesagt, daß Julien um nichts in der Welt davon erfahren darf.«

»Warum?«

»Haben Sie nicht begriffen?«

»Weil Sie fürchten, ihm Kummer zu bereiten?«

»Ja, das ist es. Julien ist glücklich. Er ist einer der glücklichsten Menschen, die ich kenne. Keiner hat das Recht, ihm dieses Glück wegzunehmen. Dann ...«

»Dann? ...«

»Er ist wahrscheinlich der einzige Mann, der mich respektiert, der mich anders behandelt als ... als, na ja, Sie wissen schon.«

»Und Sie brauchen das?«

»Vielleicht.«

»Das heißt also, wenn Ihre Mutter ...«

»Wenn sie mir drohen würde, mich bei ihm schlecht zu machen, wäre ich zu allem fähig, um sie davon abzuhalten.«

»Auch sie umzubringen?«

»Ja.« Und sie fügte hinzu:

»Ich kann Ihnen versprechen, daß es *bis jetzt* noch nie so weit gekommen ist.«

»Warum sagen Sie *bis jetzt?*«

»Weil sie jetzt nicht nur Bescheid weiß, sondern auch einen Beweis hat. Sie hat mit mir heute nachmittag über Hervé gesprochen.«

»Was hat sie Ihnen gesagt?«

»Sie würden sich sicher wundern, wenn ich Ihnen wiederholen würde, was sie gesagt hat. Wissen Sie, Mama ist bei all ihren vornehmen Allüren doch das Kind aus dem Volk, die Tochter eines Fischers geblieben, die im vertrauten Kreis gern mal entgleist. Sie sagte zu mir, ich hätte das überall, aber nicht gerade unter ihrem Dach machen können, und redete über das, was zwischen mir und Hervé vorgefallen ist, in den ordinärsten Ausdrücken. An Julien ließ sie ebenfalls kein gutes Haar und verglich ihn mit einem bestimmten Fisch; sie geht nämlich davon aus, daß er genau im Bilde ist und seinerseits davon profitiert . . .«

»Haben Sie ihn in Schutz genommen?«

»Ich befahl meiner Mutter, sofort den Mund zu halten.«

»Wie?«

»Ich schaute sie an und sagte ihr, ich *verlange,* daß sie den Mund halten solle. Als sie trotzdem weiterredete, habe ich sie geohrfeigt; sie war so verblüfft, daß sie sofort verstummte.«

»Wartet sie auf Sie?«

»Sie geht sicher nicht ins Bett, bevor ich nicht nach Hause gekommen bin.«

»Sie wollen wirklich bei ihr übernachten?«

»Sie kennen die Umstände und müssen zugeben, daß ich nur schwerlich etwas anderes tun kann. Ich muß vor der Abreise ganz sicher gehen, daß sie Julien nichts erzählen wird und nichts unternehmen wird, was ihn beunruhigen könnte.«

Sie schwieg erst und lachte dann, vielleicht weil sie Maigrets Befürchtungen erraten hatte, kurz und trocken auf:

»Haben Sie keine Angst! Es wird kein Drama geben!«

Sie waren nun ganz oben auf dem Felsen angekommen; zum Meer hin hatte sich eine milchige Nebelwand gebildet und man hörte, wie die Wellen an die Klippen brandeten.

»Auf der rechten Seite kommen wir wieder hinunter.

Der Weg ist besser und geht beinahe direkt bis La Bicoque. Haben Sie bestimmt keine Fragen mehr an mich?«

Der Mond mußte hinter der Nebelwand aufgegangen sein, die jetzt etwas durchsichtiger schimmerte; als Arlette stehenblieb, sah er den hellen Flecken ihres Gesichts und die Konturen ihres großen dunkelroten Mundes.

»Im Augenblick nicht«, antwortete er.

Sie stand immer noch unbeweglich vor ihm und setzte mit veränderter Stimme, die ihm wehtat, hinzu:

»Und Sie . . . wollen die Gelegenheit nicht nutzen? Wie all die anderen?«

Er hätte ihr wie einer verdorbenen Tochter beinahe eine Ohrfeige gegeben, so wie sie heute ihre Mutter geohrfeigt hatte. Aber er faßte sie nur hart am Arm und zwang sie zum Abstieg.

»Hören Sie, was ich Ihnen gerade sagte, galt Ihnen.«

»Seien Sie ruhig!«

»Geben Sie zu, daß Sie in Versuchung sind.«

Er drückte sie fester am Arm, beinahe gemein.

»Sind Sie sicher, daß Sie es nicht bereuen?«

Sie redete lauter und ihre Stimme klang hart und bitter.

»Überlegen Sie sich's gut, Kommissar!«

Er ließ sie abrupt stehen und stopfte im Weitergehen seine Pfeife, ohne sich um sie weiter zu kümmern. Er hörte, wie sie noch einmal stehenblieb, dann langsam weiterlief und schließlich schneller ging, um ihn einzuholen.

Maigrets Gesicht war in diesem Augenblick im Schein eines angezündeten Streichholzes zu sehen, das er über den Pfeifenkopf hielt.

»Ich möchte Sie um Entschuldigung bitten. Ich habe mich gerade idiotisch benommen.«

»Ja.«

»Sind Sie mir sehr böse?«

»Reden wir nicht mehr darüber.«

»Glauben Sie wirklich, daß ich es gewollt hätte?«

»Nein.«

»Nachdem ich gezwungen war, mich so zu erniedrigen, wollte ich Ihnen wehtun und Sie demütigen.«

»Ich weiß.«

»Es hätte mir Genugtuung verschafft, wenn Sie wie ein Tier über mir gewesen wären.«

»Kommen Sie.«

»Geben Sie zu, daß Sie glauben, ich hätte versucht, meine Mutter zu töten?«

»Noch nicht.«

»Wollen Sie damit sagen, daß Sie sich dessen nicht sicher sind?«

»Ich will damit nur sagen, was die Worte bedeuten, daß ich es nicht weiß.«

»Wenn Sie mich für schuldig halten, sagen Sie es mir?«

»Wahrscheinlich.«

»Sagen Sie es mir unter vier Augen.«

»Ich verspreche es Ihnen.«

»Aber ich bin nicht schuldig.«

»Ich wünschte es.«

Er hatte jetzt genug von dieser gereizten Unterhaltung. Die Beharrlichkeit Arlettes regte ihn auf. Sie schien sich zu bereitwillig analysieren und beschuldigen zu wollen.

»Mama schläft noch nicht.«

»Woher wissen Sie das?«

»Das kleine Licht, das Sie sehen, kommt aus dem Salon.«

»Wann fährt Ihr Zug morgen?«

»Ich wäre gern mit dem um acht Uhr gefahren, wenn Sie mich hier nicht mehr brauchen. In diesem Fall würde ich Julien anrufen und ihm sagen, daß Mama mich braucht.«

»Weiß er, daß Sie Ihre Mutter hassen?«

»Ich hasse sie nicht. Ich liebe sie nicht; Punkt, das ist alles. Kann ich mit dem Zug um acht Uhr fahren?«

»Ja.«

»Sehe ich Sie noch vor der Abfahrt?«

»Ich weiß noch nicht.«

»Vielleicht wollen Sie sich vor meiner Abreise vergewissern, daß Mama noch am Leben ist?«

»Vielleicht.«

Sie waren einen steiler abfallenden Hang hinuntergestiegen und standen nun auf der Straße, ungefähr fünfzig Meter vom Zaun von La Bicoque entfernt.

»Kommen Sie noch mit herein?«

»Nein.«

Die Fenster, deren Lichtschein nur zu ahnen war hinter den dichten Büschen, konnte man nicht sehen.

»Gute Nacht, Monsieur Maigret!«

»Gute Nacht!«

Sie zögerte zu gehen.

»Sind Sie mir noch böse?«

»Ich weiß nicht. Gehen Sie schlafen.«

Er vergrub die Hände in den Taschen und ging mit großen Schritten in Richtung Stadt.

Wirre Gedanken gingen ihm im Kopf herum, und jetzt, nachdem er sich von ihr verabschiedet hatte, kamen ihm hundert Fragen, die ihm vorher nicht eingefallen waren. Er machte sich Vorwürfe, daß er ihr erlaubt hatte, am nächsten Morgen abzufahren, und war nahe daran, ihr nachzugehen und ihr zu sagen, sie müsse bleiben.

War es nicht doch ein Fehler gewesen, die beiden Frauen heute nacht zusammen zu lassen? Wenn sich nun die Szene vom Nachmittag in einer Schärfe und Heftigkeit wiederholen würde, die gefährlich werden könnte? Er freute sich Valentine wiederzusehen, mit ihr zu reden, wieder in ihrem kleinen Salon zu sitzen inmitten all dieser naiven Nippsachen.

Um neun Uhr käme dann dieser lärmende Charles Besson, der ihm in den Ohren liegen würde. Die Stadt war wie ausgestorben, und das Kasino war, da alle Gäste gegangen waren, schon dunkel. Nur noch eine Bar an einer Straßenecke war erleuchtet, es war eher ein Bistro, das im Winter wohl für die Einheimischen geöffnet war.

Maigret blieb einen Augenblick unschlüssig auf dem Bürgersteig stehen. Eigentlich hatte er Durst. Drinnen in dem gelblichen Licht sah er die ihm allmählich bekannte Figur Théo Bessons, der in seinem Tweedanzug immer noch sehr englisch wirkte.

Er hielt ein Glas in der Hand und redete mit jemand, der neben ihm stand, einem ziemlich jungen Mann im schwarzen Anzug, wie ihn die Bauern sonntags tragen mit weißem Hemd, dunkler Krawatte; der Junge war ziemlich braun im Gesicht und hatte einen sonnenverbrannten Nacken.

Maigret drehte den Türgriff, ging an die Theke, ohne die beiden anzuschauen, und bestellte ein kleines Bier.

Jetzt konnte er sie beide im Spiegel hinter den Flaschen beobachten, und er meinte, einen Blick Théos aufgefangen zu haben, mit dem er seinen Gesprächspartner aufforderte, still zu sein.

Drückendes Schweigen herrschte in der Bar, in der sie, den Wirt mitgezählt, nur zu viert waren; eine schwarze Katze lag zusammengerollt auf einem Stuhl vor dem Ofen.

»Wir haben immer noch Nebel«, sagte der Wirt schließlich. »In dieser Jahreszeit ist das immer so. Doch die Tage sind immer noch sonnig.«

Der junge Mann drehte sich um und sah Maigret an, der seine Pfeife am Absatz ausklopfte und die heiße Asche in den Sägespänen austrat. In seinem Blick lag etwas Anmaßendes und erinnerte an diese Dorfgecken, die abends, wenn sie auf einer Hochzeit oder Beerdigung einige Gläser getrunken haben, unbedingt eine Keilerei provozieren wollen.

»Sind Sie nicht heute morgen aus Paris gekommen?« fragte der Wirt, nur um etwas zu sagen. Maigret nickte nur mit dem Kopf, und der junge Stutzer schaute ihn jetzt noch unverwandter an. Das ging einige Minuten, in denen Théo Besson sich darauf beschränkte, mit verschwommenem Blick die Flaschen vor sich zu betrachten. Seine Hautfarbe und die Augen, vor allem die Säcke unter den Augen waren typisch für Leute, die schon am frühen Morgen viel und regelmäßig trinken. Dafür sprachen auch sein ausdrucksloser Blick und sein etwas schlapper Gang.

»Dasselbe!« bestellte er.

Der Wirt schaute zu dem jungen Mann, der zustimmend nickte. Sie waren also zusammen hier.

Théo leerte sein Glas mit einem Zug. Der andere ebenfalls, und als der älteste Besson ein paar Geldscheine auf die Theke geblättert hatte, gingen sie beide hinaus, doch vorher drehte sich der junge Mann noch zweimal nach dem Kommissar um.

»Wer ist das?«

»Kennen Sie ihn nicht? Es ist Théo, Valentines Stiefsohn.«

»Und der Junge?«

»Einer von Roses Brüdern, dem armen Mädchen, das sterben mußte, weil sie Gift trank, das eigentlich für ihre Herrin gedacht war.«

»Der älteste Bruder?«

»Henri, ja. Er ist bei den Heringsfischern in Fécamp.«

»Kamen sie zusammen herein?«

»Ich glaube schon. Warten Sie. Da waren mehrere Leute an der Bar. Sie kamen jedenfalls kurz hintereinander, wenn nicht sogar zusammen herein.«

»Sie wissen nicht, worüber sie sich unterhielten?«

»Nein. Zuerst war es zu laut, mehrere Leute unterhielten sich nebeneinander. Dann ging ich in den Keller, um ein Faß anzuzapfen.«

»Haben Sie sie früher schon zusammen gesehen?«

»Ich glaube nicht. Ich bin aber nicht sicher. Ich habe aber Théo mit dem Fräulein gesehen.«

»Mit welchem Fräulein?«

»Der Rose.«

»Haben Sie sie auf der Straße gesehen?«

»Hier in der Bar, mindestens zweimal.«

»Machte er ihr den Hof?«

»Das kommt darauf an, was Sie darunter verstehen. Sie haben sich nicht geküßt, und er faßte sie auch nicht an, wenn Sie das meinen. Aber sie haben sich nett unterhalten, und sie lachten. Und ich merkte schnell, daß er immer für ein volles Glas bei ihr sorgte. Das war weiter nicht schwierig, denn nach einem Glas Wein konnte sie sich schon nicht mehr halten vor Lachen und beim zweiten war sie bereits blau.«

»Wann war das?«

»Warten Sie, das letzte Mal vor ungefähr einer Woche. Halt! Es war am Mittwoch, denn an diesem Tag fährt meine Frau immer nach Le Havre.«

»Und das erste Mal?«

»Vielleicht eine oder zwei Wochen früher.«

»Ist Monsieur Théo ein guter Kunde?«

»Er gehört nicht zu meinen Stammgästen. Er geht überall hin, wo es was zu trinken gibt. Er tut den ganzen Tag nichts und geht spazieren. Doch kann er an keinem Café oder keiner Bar vorbeigehen, ohne nicht kurz hereinzuschauen. Er wird nie laut. Er legt sich mit niemand an. An manchen Abenden hat er eine schwere Zunge und lallt nur noch, aber das ist alles.«

»Ich hoffe, Sie verdächtigen nicht ihn, seine Stiefmutter vergiftet zu haben? *Wenn* ich einem trauen würde, dann ihm. Übrigens sind Leute, die so trinken wie er, nie gefährlich. Die schlimmsten sind die, die sich einmal bei passender Gelegenheit betrinken und nicht mehr wissen, was sie tun.«

»Haben Sie Roses Bruder oft gesehen?«

»Selten. Die aus Yport kommen nicht gern nach Etretat. Diese Leute bleiben unter sich. Sie gehen eher nach Fécamp, weil es näher und mehr nach ihrem Geschmack ist. Ein kleiner Calvados gefällig nach dem Bier? Das ist meine Runde.«

»Nein. Noch ein kleines.«

Das Bier schmeckte nicht gut und lag Maigret nachts auf dem Magen. Mehrmals wachte er plötzlich auf, hatte quälende Träume, an die er sich nicht mehr erinnern konnte, die ihn aber hinterher bedrückten. Als er endlich aufstand, hörte er immer noch den heiseren Ton des Nebelhorns vom Meer herüber, und die Flut mußte hoch sein, denn das Hotel erzitterte bei jedem Brecher der Wellen.

5

Die Ansichten eines guten Kerls

Der Nebel hatte sich beinahe aufgelöst, nur über dem ganz ruhig daliegenden, von einer leichten Dünung bewegten Meer dampfte es noch und diese Schwaden leuchteten in allen Regenbogenfarben.

Die Strahlen der Morgensonne tauchten die Häuser der Stadt langsam in goldenes Licht, die Luft war frisch, von einer köstlichen Frische, die durch alle Poren drang. An den Ständen der Gemüsehändler roch es gut, Milchflaschen standen noch vor den Haustüren und in den Bäckereien duftete es nach frischem, knusprigem Brot.

Auch dies erinnerte ihn an seine Kindheit, an eine Wunschvorstellung der Welt, wie man sie gern haben möchte. Etretat lag da, blitzblank und arglos, mit seinen zu kleinen, zu hübschen und zu frisch gestrichenen Häusern, die für ein Drama nicht geschaffen schienen; die Felsen ragten aus dem Nebel, genau wie auf den Postkarten, die an der Ladentür ausgehängt waren; der Metzger, der Bäcker und der Gemüsehändler hätten Figuren für ein Märchenstück abgeben können. War dies eine persönliche Eigenart Maigrets? Oder hatten andere auch solche Sehnsüchte und gaben sie nur nicht zu? Er wünschte sich die Welt so, wie man sie als Kind entdeckt. In Gedanken sagte er immer: ›Wie auf den Bildern‹.

Und nicht nur den äußeren Rahmen, sondern auch die

Menschen, den Vater, die Mutter, die braven Kinder, die lieben Großeltern mit ihren weißen Haaren ...

Als er in den Polizeidienst trat, hielt er Le Vésinet zum Beispiel eine Zeitlang für den friedlichsten Ort der Welt. Er lag in der Nähe von Paris, aber vor 1914 fuhren noch nicht so viele Autos. Die reichen Leute besaßen noch ihre Landhäuser in Vésinet, große und gemütlich aussehende Backsteinhäuser mit gepflegten Gärten, Springbrunnen, Schaukeln und großen versilberten Kugeln. Die Diener trugen gelbgestreifte Westen und die Dienstmädchen weiße Häubchen und Spitzenschürzen.

Es schien, als könnten dort nur glückliche und ehrliche Leute wohnen, denen Ruhe und Glück alles bedeutete, und er wurde insgeheim ernüchtert, als in einer der Villen mit den geharkten Baumreihen eine unsaubere Geschichte an den Tag kam – der gemeine Mord an einer Schwiegermutter aus eigennützigen Motiven.

Jetzt hatte er natürlich seine Erfahrungen gemacht. Er verbrachte sein Leben irgendwie damit, die Kehrseite der Medaille zu betrachten, aber er hatte sich die kindliche Sehnsucht nach der Welt ›wie auf den Bildern‹ bewahrt.

Der kleine Bahnhof sah hübsch aus und erinnerte an ein Aquarell, das ein guter Schüler gemalt hatte, wo gleich über dem Kamin eine rosa Wolke schwebt. Er fand den Spielzeugzug wieder, den Mann, der die Fahrkarten knipste – als Junge hatte er davon geträumt, eines Tages die Fahrkarten knipsen zu dürfen –, und er sah Arlette, wie sie daherkam, ebenso hübsch und elegant in ihrer pariserischen Aufmachung wie gestern; in der Hand trug sie eine Reisetasche aus Krokodilleder. Er wäre ihr beinahe auf der staubigen Straße entgegengegangen, an der die Hecken und Gräser so würzig dufteten, aber er tat es dann doch nicht, weil es so aussah, als ginge er zu einer Verabredung. Wie sie auf ihren hohen Absätzen den Weg herunterkam, wirkte sie ganz wie das junge Burgfräulein.

Warum sieht die Wirklichkeit immer so ganz anders aus? Oder warum hält man bei einem Kind die Vorstellung einer Welt aufrecht, die es gar nicht gibt, die es sein ganzes Leben mit dieser Wirklichkeit vergleicht?

Sie sah ihn sofort, wie er auf dem Bahnsteig neben dem Zeitungskiosk wartete, und sie lächelte ihm etwas müde zu, als sie ihre Fahrkarte dem Beamten hinhielt. Sie schien erschöpft zu sein. Er las eine gewisse Ängstlichkeit in ihrem Blick.

»Ich habe damit gerechnet, daß Sie da sind«, sagte sie.

»Wie ist es Ihnen ergangen?«

»Es war eher anstrengend.«

Sie suchte nach einem Abteil, denn die Wagen hatten keine Gänge. Es gab nur ein einziges Abteil erster Klasse, in dem sonst niemand saß.

»Ihre Mutter?«

»Lebt noch. Jedenfalls lebte sie noch, als ich ging.«

Es blieb nur noch kurze Zeit bis zur Abfahrt des Zuges, sie stand auf dem Trittbrett neben ihrem Handkoffer, den sie auf die Sitzbank gestellt hatte.

»Gab es noch eine Auseinandersetzung?«

»Wir sind erst um Mitternacht ins Bett gegangen. Ich muß Ihnen etwas sagen, Monsieur Maigret. Es ist nur eine Vermutung, aber sie läßt mich nicht los. Rose ist tot, aber ich habe das Gefühl, daß das noch nicht alles ist und sich noch eine Tragödie anbahnt.«

»Hat Ihre Mutter etwas geäußert, was Sie auf diesen Gedanken gebracht hat?«

»Nein. Ich weiß nicht, warum.«

»Glauben Sie, sie ist immer noch in Gefahr?«

Sie antwortete nicht. Ihre hellen Augen schauten zum Kiosk hinüber. »Der Inspektor ist da, er erwartet Sie«, bemerkte sie, als ob der Zauber gebrochen sei. Und sie stieg in ihr Abteil, als der Bahnhofsvorsteher pfiff und die Lokomotive Dampfwolken ausstieß.

Castaing stand tatsächlich schon da. Er war früher dran, als er gestern angekündigt hatte, und als er Maigret nicht im Hotel angetroffen hatte, suchte er ihn am Bahnhof. Es war ein bißchen peinlich. Aber warum war es eigentlich peinlich?

Der Zug fuhr ganz langsam an, blieb aber nach einigen Metern mit großem Ruck stehen, während der Kommissar dem Inspektor die Hand gab.

»Was Neues?«

»Nichts Besonderes«, antwortete Castaing. »Aber ich war aus irgendeinem Grund unruhig; ich habe von zwei Frauen geträumt, Mutter und Tochter allein in einem kleinen Haus.«

»Wer tötete wen?«

Jetzt war Castaing verwirrt.

»Wie kommen Sie darauf? In meinem Traum tötete die Mutter die Tochter. Und raten Sie womit? Mit einem Holzscheit aus dem Kamin!«

»Charles Besson kommt um neun Uhr. Seine Schwiegermutter ist gestorben. Hat Ihnen Lucas telefonisch noch keine Unterlagen durchgegeben?«

»Nur wenig, aber er will noch einmal anrufen, wenn er mehr herausgefunden hat; ich habe hinterlassen, daß wir in Ihrem Hotel erreichbar sind.«

»Nichts über Théo?«

»Er hatte mehrmals Ärger mit ungedeckten Schecks. Bevor es zur Verhandlung kam, hat er schließlich immer bezahlt. Die meisten seiner Freunde haben ziemlich viel Geld. Es sind Leute mit einem lockeren Lebenswandel, die immer gern Leute um sich haben. Ab und zu macht er ein kleines Geschäft, vor allem als Vermittler bei irgendwelchen Transaktionen.«

»Keine Frauen?«

»Er scheint sich aus Frauen nicht viel zu machen. Manchmal hat er eine Freundin, aber nie lange.«

»Ist das alles?«

Aus einer kleinen Bar roch es so gut nach Kaffee und starkem Schnaps, daß beide nicht widerstehen konnten und hineingingen. Sie bestellten sich große Tassen, die nach Alkohol dufteten.

»Mein Traum hat mich weniger beunruhigt«, fuhr der Inspektor halblaut fort, »als ein Gedanke, der mir vor dem Einschlafen kam. Ich habe auch mit meiner Frau darüber gesprochen, denn ich kann besser laut als leise denken, und sie war der gleichen Meinung. Es sind jetzt ungefähr fünf Jahre her, daß der alte Ferdinand Besson gestorben ist, nicht wahr?«

»Ungefähr.«

»Und soviel wir wissen, hat sich seitdem nichts geändert. Bis nun letzten Sonntag jemand versuchte, Valentine zu vergiften. Beachten Sie, daß gerade der Tag gewählt wurde, an dem genug Leute im Haus waren, um den Verdacht auf alle zu lenken.«

»Das stimmt. Und dann?«

»Aber nicht Valentine ist gestorben, sondern die arme Rose ist tot. Wenn es also ein Motiv gab, Valentine aus dem Weg zu räumen, so existiert dieser Grund immer noch. Solange wir also dieses Motiv nicht kennen . . .«

»Ist die Gefahr noch nicht gebannt, wollen Sie doch sagen?«

»Ja. Vielleicht ist die Gefahr größer als je zuvor, gerade auch durch Ihre Präsenz. Valentine ist nicht vermögend. Man hat also nicht versucht, sie wegen ihres Geldes umzubringen. Vielleicht weiß sie etwas, das niemand wissen darf. In diesem Fall . . .«

Maigret hörte sich diese Beweisführung ohne allzu große Begeisterung an. Er schaute hinaus in dieses glänzende Morgenlicht, wo die Luft trotz der Sonne nach der Feuchtigkeit der Nacht noch kühl war.

»Hat Lucas nichts über Julien gesagt?«

»Die Sudres leben in sehr kleinbürgerlichen Verhältnissen in einem billigen Mietshaus. 5-Zimmer-Wohnung. Sie haben ein Dienstmädchen, ein Auto und verbringen das Wochenende auf dem Land.«

»Das wußte ich bereits.«

»Hervé Peyrot, der Weinhändler, ist reich. Er besitzt ein großes Geschäft am Quai de Bercy und verbringt den größten Teil seiner Zeit mit Frauen, allen möglichen Frauen. Er fährt drei Autos, unter anderem einen Bugatti.«

Auf einem der Schilder hatte er »Familienstrand« gelesen. Und es stimmte. Mütter mit ihren Kindern, Ehemänner, die sie am Wochenende besuchten, ältere Herren und Damen, die ihre Flasche Mineralwasser und ihre Tabletten im Hotel auf dem Tisch im Speisesaal stehen hatten und in immer den gleichen Sesseln im Kasino zusammensaßen; die Konditorei der Schwestern Seuret, wo man Kuchen und Eis essen konnte; auch die alten Fischer waren die gleichen geblieben, wie sie neben ihren an Land gezogenen Booten fotografiert wurden.

Auch Ferdinand Besson war ein alter, stattlich aussehender Herr gewesen, und Valentine war die reizendste alte Dame, die er kannte; Arlette hätte heute morgen Modell für eine Postkarte stehen können, ihr Mann war ein unbedeutender kleiner Zahnarzt, und Théo der personifizierte Gentleman, dem man auch verzeiht, wenn er einen über den Durst getrunken hat, weil er immer gleichbleibend ruhig und distinguiert auftrat.

Da kam Charles Besson an; er hatte eine Frau, vier Kinder, darunter ein wenige Monate altes Baby; er trug einen Trauerflor am Ärmel, weil seine Schwiegermutter gestorben war und er noch auf seine Trauerkleidung warten mußte. Er war Abgeordneter, duzte auch schon den Minister. Auf seiner Wahlkampagne hatte er Hände schütteln, kleine Kinder auf den Arm nehmen und mit den Fischern und Bauern einen trinken müssen. Auch ihn konnte man als ›schönen Mann‹ bezeichnen – was zum Beispiel Maigrets Mutter einen schönen Mann genannt hätte –, groß und breitschultrig, ein wenig beleibt, er setzte etwas Bauch an, mit beinahe kindlich wirkenden Augen und dicken Lippen unter dem Schnurrbart.

»Habe ich Sie auch nicht warten lassen, Kommissar? Guten Tag, Castaing. Freut mich, Sie wiederzusehen.«

Sein Auto war kürzlich neu lackiert worden.

»Keine schlechten Nachrichten?«

»Nein.«

»Meiner Stiefmutter?«

»Geht es anscheinend sehr gut. Arlette ist eben abgereist.«

»Ach! Sie ist noch einmal hergekommen? Das ist nett von ihr. Ich habe mir gedacht, daß sie ihrer Mutter beistehen würde.«

»Einen Augenblick bitte, Monsieur Besson.«

Maigret nahm Castaing beiseite, um ihm zu sagen, er solle nach Yport, wenn möglich auch nach Fécamp fahren.

»Entschuldigen Sie! Ich mußte einige Anweisungen geben. Ich gestehe, daß ich nicht recht weiß, wo ich mich mit Ihnen unterhalten kann. Mein Zimmer ist um diese Zeit noch nicht gemacht.«

»Ich würde gerne etwas trinken. Wenn Ihnen die frische Luft nichts ausmacht, könnten wir uns auf die Terrasse des Kasinos setzen. Ich hoffe, Sie nehmen es mir nicht übel, wenn ich nicht da war, als Sie ankamen? Meine Frau hat die Sache schrecklich mitgenommen. Ihre Schwester kam eben aus Marseille; sie ist dort mit einem Reeder verheiratet. Sie haben sonst keine Geschwister. Die Montets hatten keine Söhne, daher werde ich mich mit den Komplikationen herumschlagen müssen.«

»Rechnen Sie mit Komplikationen?«

»Ich kann über meine Schwiegermutter eigentlich nur Gutes sagen. Sie war eine tüchtige Frau, hatte aber, vor allem in letzter Zeit, ihre Marotten. Hat man Ihnen erzählt, daß ihr Mann Bauunternehmer war? Die Hälfte der Häuser in Dieppe und viele öffentliche Gebäude hat er gebaut. Der größte Teil des Vermögens ist in Grundstükken angelegt. Meine Schwiegermutter führte seit dem Tod ihres Mannes die Geschäfte persönlich. Sie willigte aber nie ein, irgendwelche Reparaturen ausführen zu lassen. Es wird also zu einer nicht absehbaren Anzahl von Prozessen kommen, mit Mietern, mit der Stadtverwaltung und dem Fiskus.«

»Eine Frage, Monsieur Besson. Trafen sich Ihre Schwiegermutter Montet und Valentine öfter?«

Maigret trank noch einen Kaffee mit Rum und beobachtete dabei sein Gegenüber, der aus der Nähe weicher und labiler wirkte.

»Leider nein. Sie sind sich immer aus dem Weg gegangen.«

»Beide?«

»Das heißt, die Mutter meiner Frau lehnte es ab, Valentine zu besuchen. Es ist eine lächerliche Geschichte. Als ich ihr Mimi vorstellte, schaute Valentine sich genau ihre Hände an und sagte so etwas Ähnliches wie:

›Sie haben sicherlich nicht die Hände Ihres Vaters?‹

›Warum?‹

›Weil ich mir Maurerhände größer und breiter vorstelle als Ihre.‹

Es ist wirklich ganz dumm. Mein Schwiegervater hat zwar als Maurer angefangen, aber er blieb nur kurze Zeit dabei. Trotzdem ist er ziemlich ungehobelt geblieben. Ich glaube, er machte es absichtlich, denn er hatte sehr viel Geld; er war eine bekannte Persönlichkeit in Dieppe und in der Gegend, und es machte ihm Spaß, die Leute mit seinem Aussehen und seiner Sprechweise zu schockieren. Als meine Schwiegermutter das erfuhr, war sie natürlich gekränkt. ›Immer noch besser als die Tochter eines Fischers zu sein, der sich in allen Bistros zu Tode getrunken hat.‹ Dann erzählte sie aus der Zeit, als Valentine bei den Schwestern Seuret Verkäuferin war.«

»Und beschuldigte sie, keinen vorbildlichen Lebenswandel zu führen?«

»Ja. Sie verwies auf den Altersunterschied zwischen ihr und ihrem Mann. Kurz, sie wollten sich nicht sehen.«

Er zuckte die Schultern und fügte hinzu:

»So etwas kommt in jeder Familie vor. Trotzdem ist jede auf ihre Art eine anständige Frau.«

»Mögen Sie Valentine sehr?«

»Ja. Sie war immer sehr nett zu mir.«

»Und Ihre Frau?«

»Mimi mag sie natürlich nicht so gern.«

»Streiten sie sich?«

»Sie sehen sich wenig, durchschnittlich ein Mal im Jahr. Vorher rede ich ihr immer zu, Geduld mit Valentine zu haben, weil sie eine alte Frau ist. Sie verspricht es zwar, aber trotzdem fallen immer spitze Bemerkungen.«

»Auch am letzten Sonntag?«

»Ich weiß es nicht. Ich war mit den Kindern spazieren.«

Bei dem Wort Kinder fragte sich Maigret, was diese wohl von ihrem Vater hielten. Wie die meisten Kinder hielten sie ihn wahrscheinlich für einen starken und intelligenten Menschen, der sie schützen und führen konnte auf ihrem Lebensweg. Sie konnten nicht sehen, daß er weich und realitätsfremd war.

Mimi würde sagen: »Er ist so gut.«

Weil er alle Welt mochte und das Leben mit großen unschuldigen Augen betrachtete und genoß. Er wollte eigentlich energisch, intelligent, der beste Mensch überhaupt sein! Und er hatte Ideen, er steckte voller Ideen. Wenn er sie nicht alle verwirklichen konnte, wenn sie, einmal verwirklicht, meistens scheiterten, dann nur, weil die äußeren Umstände gegen ihn waren.

Aber hatte er es nicht geschafft, als Abgeordneter aufgestellt zu werden? Jetzt würde man seine Fähigkeiten erkennen. Das ganze Land würde von ihm reden, ihn zum Minister, zum Staatsmann machen.

»Haben Sie sich, als Sie jung waren, nie in Valentine verliebt? Sie war kaum zehn Jahre älter als Sie.«

Er war beleidigt, entrüstet:

»Nie im Leben!«

»Und waren Sie später auch nicht in Arlette verliebt?«

»Ich habe sie immer wie eine Schwester behandelt.«

Er hatte von der Welt und den Menschen immer noch eine Bilderbuchvorstellung. Er holte eine Zigarre aus der Tasche und war erstaunt, daß Maigret keine rauchen wollte, zündete sie bedächtig an und stieß langsam den Rauch aus, dem er nachschaute, wie er in die silbrige Luft aufstieg.

»Sollen wir uns auf die Terrasse setzen? Die Sessel sind sehr bequem mit Blick auf den Strand. Wir können aufs Meer schauen.«

Er lebte das ganze Jahr am Meer, aber es machte ihm immer noch Spaß, in einem gemütlichen Sessel zu sitzen und es zu betrachten, gut gekleidet, glattrasiert, mit allen Attributen eines bedeutenden und erfolgreichen Mannes.

»Und Ihr Bruder Théo?«

»Wollen Sie von mir wissen, ob er in Valentine verliebt war?«

»Ja.«

»Bestimmt nicht. Ich habe nie etwas diesbezüglich gemerkt.«

»Und in Arlette?«

»Erst recht nicht. Ich war noch ein Junge, als er schon seine ersten Liebesabenteuer hatte, vor allem mit ›kleinen Mädchen‹, wie ich sie nenne.«

»War Arlette auch nicht in ihn verliebt?«

»Vielleicht hat sie für ihn geschwärmt, wie meine Frau das nennt, wenn sie über die Liebeleien junger Mädchen redet. Sie wissen, wie das ist. Das hat weiter nichts zu bedeuten. Als Beweis dafür hat sie ja auch nicht lange mit der Heirat gewartet.«

»Waren Sie nicht überrascht?«

»Wovon?«

»Von ihrer Heirat mit Julien Sudre.«

»Nein. Vielleicht ein bißchen, weil er nicht reich war und wir meinten, Arlette könnte nicht auf Luxus verzichten. Es gab eine Zeit, in der sie ziemlich arrogant war, aber das war schnell vorbei. Ich glaube, Julien war ihre große Liebe. Er war sehr nobel. Mein Vater wollte ihm eine ansehnliche Mitgift schenken, denn zu jener Zeit waren wir ziemlich vermögend, aber er hat abgelehnt.«

»Sie auch?«

»Ja. So daß sie sich von heute auf morgen an ein bescheidenes Leben gewöhnen mußte. Wir waren dazu dann auch gezwungen, aber erst viel später.«

»Verstehen sich Arlette und Ihre Frau gut?«

»Ich glaube schon. Obwohl sie sehr verschieden sind. Mimi hat Kinder und einen Haushalt zu führen. Sie geht wenig aus.«

»Würde sie nicht vielleicht gerne ausgehen? Wollte sie nie nach Paris ziehen?«

»Ihr graut vor Paris.«

»Vermißt sie auch Dieppe nicht?«

»Vielleicht ein bißchen. Seit ich Abgeordneter bin, können wir leider nicht dorthin ziehen. Meine Wähler könnten das nicht verstehen.«

Charles Bessons Worte harmonierten völlig mit der Umgebung, mit dem Meer und seinem Himmelblau wie auf der Postkarte, mit den Felsen, die anfingen zu glitzern, mit den Badegästen, die ankamen und der Reihe nach ihre Stammplätze einnahmen wie für eine Aufnahme. War das nun alles schließlich und endlich wirklich oder sah es nur so aus? Hatte dieser selbstzufriedene große Junge recht?

War Rose tot oder nicht?

»Waren Sie nicht überrascht, als Sie Ihren Bruder am Sonntag hier trafen?«

»Ein bißchen, am Anfang. Ich nahm an, er sei in Deauville, oder in irgendeinem Schloß in der Sologne, da wir ja schon September haben und die Jagdsaison eröffnet wurde. Wissen Sie, Théo lebt immer noch mondän. Als er noch Geld hatte, lebte er in Saus und Braus und benahm sich seinen Freunden gegenüber sehr großzügig. Sie haben es nicht vergessen und jetzt sind sie es, die ihn einladen.«

Wie die Dinge sofort einen anderen Aspekt annahmen! Ein paar Worte, und schon wurde von einem ganz anderen Théo gesprochen.

»Verfügt er über Mittel?«

»Finanzieller Art? Ich weiß es nicht. Wenn überhaupt, dann nur über wenig. Aber er hat auch keine Auslagen. Er ist Junggeselle.«

Also doch ein kleiner Anflug von Neid in der Stimme dieses angesehenen Mannes, dem seine vier Kinder eine Last sind!

»Er ist immer sehr elegant angezogen, weil er seine Kleidung sehr schont. Häufig ist er in der besseren Gesellschaft eingeladen. Ich glaube, gelegentlich macht er kleine Geschäfte. Wissen Sie, er ist ein sehr intelligenter Junge und wenn er gewollt hätte . . .«

»War er sofort damit einverstanden, zu Valentine mitzukommen?«

»Nicht gleich.«

»Hat er Ihnen gesagt, warum er hier ist?«

»Ich hoffe, Herr Kommissar, Sie verdächtigen nicht Théo.«

»Ich verdächtige niemand, Monsieur Besson. Wir unterhalten uns nur. Ich versuche mir ein möglichst genaues Bild von der Familie zu machen.«

»Nun, wenn Sie meine Meinung hören wollen, Théo ist, auch wenn er es abstreitet, sentimental. Er hatte

Heimweh nach Etretat, wo wir unsere Ferien als Kinder verbrachten. Wissen Sie, wir waren schon hier, als meine Mutter noch lebte.«

»Ich verstehe.«

»Ich habe ihm erklärt, daß es überhaupt keinen Grund gebe, mit Valentine weiter spinnefeind zu sein; sie sei ihm auch nicht mehr böse. Da ist er schließlich mitgegangen.«

»Wie benahm er sich?«

»Wie ein Mann von Welt. Am Anfang war er etwas verlegen. Als er unsere Geschenke sah, entschuldigte er sich, daß er mit leeren Händen dastehe.«

»Und wie war er zu Arlette?«

»Was? Es war nie etwas zwischen Arlette und Théo!«

»Beim Abendessen saß also die ganze Familie vollständig am Tisch.«

»Außer Sudre, der nicht kommen konnte.«

»Richtig. Ich vergaß. Und Sie haben nichts bemerkt, keine winzige Kleinigkeit, die eine Tragödie ankündigte?«

»Absolut nichts. Ich beobachte von Natur aus sehr viel.«

Angeber! Aber welch ein Glück, manchmal ein Angeber zu sein!

»Ich muß sagen, daß Mimi und ich durch die Kinder sehr in Anspruch genommen waren. Zu Hause sind sie einigermaßen gut zu haben. Aber wenn man mit ihnen woanders hingeht, sind sie unruhig. Sie haben gesehen, wie klein Valentines Haus ist. Im Eßzimmer saßen wir so eng nebeneinander, daß man sich nicht mehr auf seinem Stuhl umdrehen konnte. Das Baby, das gewöhnlich meistens schläft, schrie deswegen beinahe eine Stunde lang, bis uns die Ohren wehtaten. Wir mußten den Kerl auf das Bett der Stiefmutter legen und wußten nicht, wohin wir mit den beiden Großen sollten.«

»Kannten Sie die Rose gut?«

»Wenn ich in La Bicoque war, habe ich sie jedesmal gesehen. Sie war ein braves Mädchen, ein bißchen verschlossen, wie viele Leute hier. Aber wenn man sie kennt . . .«

»Sie haben Sie also im ganzen etwa sechsmal gesehen?«

»Etwas öfter.«

»Haben Sie mit ihr geredet?«

»So wie man mit einer Hausangestellten redet, über das Wetter und das Kochen. Sie war eine gute Köchin. Ich frage mich, wie Valentine, die sehr viel Wert auf gutes Essen legt, ohne sie auskommen wird. Sehen Sie, Kommissar, seit ich Ihnen hier zuhöre und auf Ihre Fragen antworte, befürchte ich, daß Sie auf dem Holzweg sind.«

Maigret reagierte nicht darauf, zog weiterhin bedächtig an seiner Pfeife und schaute einem winzigen Schiff nach, das kaum merklich am Horizont dahinsegelte.

»Weil ich es übrigens ahnte, das heißt, weil ich ahnte, in welcher Richtung die polizeilichen Untersuchungen laufen würden, habe ich mich an den Minister gewandt und ihn gebeten, Sie mit der Untersuchung zu betrauen.«

»Ich bedanke mich.«

»Aber nicht doch! Ich danke Ihnen, daß Sie gekommen sind! Obwohl ich immer sehr viel zu tun habe, habe ich trotzdem ab und zu einen Kriminalroman gelesen. Es ist wohl unnötig, Sie zu fragen, ob Sie das ernst nehmen. Im Kriminalroman hat jeder irgend etwas zu verbergen, jeder hat ein mehr oder weniger schlechtes Gewissen, und man stellt fest, daß die scheinbar unkompliziertesten Menschen in Wirklichkeit sehr schwierig sind.

Jetzt, wo Sie die Familie ein bißchen kennengelernt haben, verstehen Sie wohl, daß keiner von uns eine Veranlassung hatte, der Stiefmutter böse zu sein, um gleich kaltblütig einen Mord zu planen. In Roses Magen wurde Arsen gefunden, und es ist nicht zu leugnen, wenn ich das, was man mir sagte, richtig verstanden habe, daß es aus dem Glas mit der für Valentine bestimmten Medizin stammt. Ich bezweifle auch die Schlußfolgerungen der Experten nicht, die ihr Handwerk verstehen, auch wenn sie sich schon getäuscht haben und nicht immer einer Meinung sind.

Sie haben Arlette getroffen. Sie haben Théo gesehen. Sie sitzen jetzt mit mir zusammen. Mimi hätte ich Ihnen vorgestellt, wenn nicht der Trauerfall dazwischen gekommen wäre, und Sie hätten sich überzeugen können, daß sie niemand etwas zuleide tun kann.

Wir waren alle in fröhlicher Stimmung am Sonntag. Und ich behaupte, selbst auf die Gefahr hin, ausgelacht zu werden, daß es nur durch einen unglücklichen Zufall zu dieser Katastrophe kommen konnte. Glauben Sie an Gespenster?«

Er war entzückt von seiner Zwischenbemerkung, die er mit einem geschickten Lächeln vorbrachte, so als ob er in der Kammer einem politischen Gegner eine Fangfrage stellen würde.

»Ich glaube nicht daran.«

»Ich auch nicht. Trotzdem gibt es jedes Jahr in Frankreich ein Haus, in dem es spukt und das die Bevölkerung mehrere Tage, manchmal mehrere Wochen in Aufruhr versetzt. Ich habe in meinem Kreis bei einem Haus eine richtige Mobilmachung von Polizisten und Kriminalbeamten erlebt, die zusammen mit Spezialisten keine Erklärung finden konnten für die Tatsache, daß bestimmte Möbelstücke in jeder Nacht zu beben anfingen. Eines schönen Tages löst sich das meistens in Wohlgefallen auf.«

»Rose ist tot, oder nicht?«

»Ich weiß. Ich will nicht soweit gehen in meiner Behauptung, daß sie sich selber vergiftet hat.«

»Doktor Jolly, der sie immer behandelte, hat bestätigt, daß sie körperlich und geistig gesund war. Nichts in ihren Verhältnissen und ihrem Leben läßt annehmen, daß sie Selbstmord begehen wollte. Vergessen Sie nicht, daß das Gift bereits in dem Glas war, als Valentine ihre Medizin einnehmen wollte, die ihr dann zu bitter schmeckte und die sie deshalb nicht ausgetrunken hat.«

»Gewiß. Ich will ja auch nichts beeinflussen. Ich sage nur: keiner der Anwesenden konnte ein Interesse daran haben, diese alte, harmlose Frau umzubringen.«

»Wissen Sie, daß in jener Nacht ein Mann im Haus war?«

Er errötete etwas, machte eine Bewegung, als ob er eine lästige Fliege verscheuchen wollte.

»Ich habe es gehört. Ich konnte es kaum glauben. Aber schließlich ist Arlette 38 Jahre alt. Sie ist außerordentlich hübsch und öfter Versuchungen ausgesetzt als andere. Vielleicht ist es nicht so ernst wie wir meinen. Jedenfalls hoffe ich, daß Julien nichts davon erfährt.«

»Das ist sicher.«

»Sehen Sie, Monsieur Maigret, jeder andere hätte einfach die anwesenden Personen verdächtigt. Aber gerade Sie gehen doch, soviel ich weiß, den Dingen auf den Grund; Sie sehen hinter die Fassade. Ich bin überzeugt, daß Sie, wie bei der Sache mit den Gespenstern, eine ganz simple Lösung finden.«

»Daß Rose nicht tot ist, zum Beispiel?«

Charles Besson lachte etwas irritiert, weil er nicht wußte, ob das scherzhaft gemeint war.

»Und vor allem, wie kommt man an Arsen heran? Mit welchem Grund?«

»Vergessen Sie nicht, daß Ihr Vater Apotheker war, daß Théo, wie man mir erzählte, Chemie studierte, daß Sie selber eine Zeit in einem Laboratorium gearbeitet haben, daß also jeder in der Familie über gewisse pharmazeutische Kenntnisse verfügt.«

»Ich habe nicht daran gedacht. Aber meiner Meinung nach ändert das nichts an meinen Überlegungen.«

»Natürlich nicht.«

»Es gibt auch keinen Hinweis darauf, ob nicht vielleicht jemand von außen eingedrungen ist?«

»Ein Landstreicher beispielsweise.«

»Warum nicht?«

»Jemand, der wartete, bis das Haus voll war, um durch das Fenster ins erste Stockwerk einzusteigen und das Gift in ein Glas zu schütten? Das ist nämlich kein unwichtiger Aspekt. Das Gift wurde nicht in die Flasche, an der keine Spuren gefunden wurden, sondern direkt in das Glas geschüttet.«

»Sie sehen selber, daß das nichts miteinander zu tun hat.«

»Die Rose ist tot.«

»Also, wie denken Sie darüber? Sagen Sie mir Ihre Meinung von Mann zu Mann. Ich verspreche Ihnen selbstverständlich, nichts zu unternehmen, nichts weiterzusagen, was Ihre Untersuchungen stören könnte. Also wer?«

»Ich weiß es nicht.«

»Und warum?«

»Ich weiß es noch nicht.«

»Und wie?«

»Das werden wir erfahren, wenn ich die beiden ersten Fragen beantworten kann.«

»Haben Sie einen Verdacht?«

Ihm war jetzt unbehaglich in seinem Sessel, wie er an seinem kalten Zigarrenstummel herumkaute und einen bitteren Geschmack im Mund verspürte. Vielleicht klammerte er sich an Illusionen, wie Maigret manchmal an seine Vorstellung, die er sich vom Leben gemacht hatte und die man ihm nehmen wollte. Es war beinahe rührend, ihn zu sehen, wie er ängstlich und unsicher das geringste Mienenspiel des Kommissars beobachtete.

»Es wurde jemand getötet«, sagte dieser.

»Das ist nicht zu leugnen.«

»Keiner tötet ohne ein Motiv, vor allem nicht mit Gift, das nicht zu einem Wutanfall oder Leidenschaftlichkeit paßt. In meiner Laufbahn ist mir nicht ein einziger Giftmord begegnet, der nicht mit einer ganz bestimmten Absicht begangen wurde.«

»Aber aus welcher Absicht denn, zum Teufel?«

Er ereiferte sich noch zum Schluß.

»Ich habe es noch nicht herausbekommen.«

»Alles, was meine Stiefmutter besitzt, ist eine Rente, daneben einige Möbel und Nippsachen.«

»Ich weiß.«

»Ich brauche kein Geld, vor allem jetzt nicht. Arlette auch nicht. Théo kümmert sich um so etwas nicht.«

»Das hat man mir schon wiederholt gesagt.«

»Also?«

»Also nichts. Ich stehe erst am Anfang meiner Untersuchung, Monsieur Besson. Sie haben mich geholt und ich bin gekommen. Valentine hat mich ebenfalls gebeten, mich der Sache anzunehmen.«

»Hat sie Ihnen geschrieben?«

»Weder geschrieben noch telefoniert. Sie besuchte mich in Paris.«

»Ich wußte, daß sie nach Paris gefahren ist, aber ich glaubte, sie besucht dort ihre Tochter.«

»Sie kam in den Palais de justice und saß gerade in meinem Büro, als ich die Mitteilung des Ministers bekam.«

»Das ist seltsam.«

»Warum?«

»Weil ich nicht wußte, daß sie Ihren Namen kennen würde.«

»Sie erzählte mir, daß sie die meisten meiner Fälle in der Zeitung mitverfolgt und auch einige Artikel ausgeschnitten hätte. Was bedrückt Sie?«

»Nichts.«

»Möchten Sie lieber nichts sagen?«

»Nichts Bestimmtes, ich versichere es Ihnen, außer daß meine Stiefmutter nie eine Zeitung gelesen hat. Sie hat keine abonniert, weigerte sich immer ein Radio zu haben und wollte auch kein Telefon. Sie interessiert sich überhaupt nicht für das, was um sie herum vorgeht.«

»Sie sehen, man kann so seine Entdeckungen machen.«

»Wohin führt uns diese?«

»Das werden wir noch sehen. Vielleicht zu nichts. Haben Sie keinen Durst?«

»Ist Théo immer noch in Etretat?«

»Ich habe ihn gestern abend noch gesehen.«

»Dann haben wir die Chance, ihn in einer Bar zu finden. Haben Sie mit ihm gesprochen?«

»Ich hatte noch keine Gelegenheit.«

»Ich werde Sie miteinander bekannt machen.«

Man spürte, daß ihn irgend etwas beunruhigte, denn diesmal biß er das Ende der Zigarre einfach ab und zündete sie ohne große Umstände an.

In den Wellen spielten Jungen mit einem großen roten Ball . . .

6

Rose und ihre Probleme

Besson hatte sich nicht geirrt. Außer Charlie, der noch mit Gläserspülen beschäftigt war, saß nur eine einzige Person an der Bar: Théo, der ganz allein *Poker dice* spielte, weil er keinen Partner hatte.

Charles ging auf ihn zu, glücklich und stolz, seinen ältesten Bruder zu präsentieren. Théo sah sie mit ausdruckslosem Blick an und stieg nur widerwillig von seinem Barhocker herunter.

»Kennst du Kommissar Maigret?«

Théo hätte sagen können »nur dem Namen nach« oder »wie jeder«, irgend etwas, das durchblicken ließ, daß es für ihn nicht nur irgendein Name war, aber er beschränkte sich auf eine förmliche Verbeugung und murmelte, ohne ihm die Hand zu geben: »Erfreut«. Aus der Nähe sah er viel älter aus, sein Gesicht hatte feine Fältchen, die wie Risse aussahen. Er brachte jeden Morgen sicher viel Zeit im Frisiersalon zu und ließ sich pflegen, vielleicht auch massieren, denn er hatte eine Haut wie eine alte Kokotte.

»Du weißt vielleicht, daß auf meine und Valentines Initiative hin der Kommissar die Untersuchung hier übernommen hat? Valentine ist deswegen extra nach Paris gefahren.«

Charles war etwas enttäuscht, daß sein Bruder sie mit der höflichen Zurückhaltung eines Königs auf Staatsbesuch empfing.

»Stören wir dich auch nicht?«

»Überhaupt nicht.«

»Wir haben gerade eine Stunde in der Sonne am Strand gesessen und haben Durst. Charlie!« Dieser zwinkerte Maigret freundschaftlich zu.

»Was trinkst du da gerade, Théo?«

»Scotch.«

»Ich mag keinen Whisky. Was nehmen Sie, Kommissar? Für mich einen Picon-grenadine.«

Warum bestellte sich Maigret auch einen? Das war ihm schon lange nicht mehr passiert und aus irgendeinem unerfindlichen Grund erinnerte es ihn an Ferien.

»Hast du Valentine seit Sonntag noch einmal gesehen?«

»Nein.«

Théo hatte große und gepflegte, aber blasse Hände mit rötlichen Haaren auf dem Handrücken, und an einer Hand trug er einen großen Siegelring. Nichts von dem, was er anhatte, hätte man in einem Kaufhaus gefunden. Es fiel auf, daß er sich auf einen Typ festgelegt hatte, und zwar ein für allemal. Jemand hatte ihm großen Eindruck gemacht, wahrscheinlich ein englischer Adliger, und er hatte dessen Gesten, dessen Gang, die Art sich anzuziehen und sogar dessen Mienenspiel genau kopiert. Ab und zu legte er gelangweilt die Hand an den Mund, als ob er gähnte, aber er gähnte nicht.

»Bleibst du noch lange in Etretat?«

»Ich weiß nicht.«

Charles bemühte sich trotzdem, seinen Bruder ins rechte Licht zu rücken und erklärte dem Kommissar:

»Er ist ein eigenartiger Junge. Er weiß nie im voraus, was er am nächsten Tag macht. Er kommt aus dem ›Fouquet‹ oder dem ›Maxim‹ nach Hause und packt seine Koffer, um das nächste Flugzeug nach Cannes oder Chamonix, London oder Brüssel zu nehmen. So ist es doch, Théo?«

Da ging Maigret direkt zum Angriff über:

»Erlauben Sie, daß ich Ihnen eine Frage stelle, Monsieur Besson? Wann haben Sie sich das letzte Mal mit Rose getroffen?«

Der arme Charles schaute beide völlig verblüfft an, sperrte den Mund auf, wie um zu widersprechen, und wartete auf einen energischen Protest seines Bruders.

Théo leugnete aber nichts ab. Er schien verwirrt, sah einen Augenblick in sein Glas und sagte dann zum Kommissar:

»Wollen Sie das genaue Datum wissen?«

»So genau wie möglich.«

»Charles kann Ihnen sagen, daß ich das genaue Datum nie weiß und mich auch oft in den Wochentagen täusche.«

»Ist es länger als acht Tage her?«

»Ungefähr acht Tage.«

»War es an einem Sonntag?«

»Nein. Wenn es sich um eine Aussage unter Eid handelt, überlege ich lieber zweimal, aber über den Daumen gepeilt würde ich sagen, es war am letzten Mittwoch oder Donnerstag.«

»Haben Sie sich oft mit ihr getroffen?«

»Ich weiß nicht genau. Zwei- oder dreimal.«

»Haben Sie sich bei Ihrer Stiefmutter kennengelernt?«

»Man hat Ihnen sicher schon erzählt, daß ich meine Stiefmutter nicht besuchte. Als ich dieses Mädchen traf, wußte ich nicht, wo sie beschäftigt war.«

»Wo war das?«

»Auf dem Jahrmarkt in Vaucottes.«

»Seit wann läufst du kleinen Dienstmädchen nach?« scherzte Charles, um zu beweisen, daß dies sonst nicht die Art seines Bruders war.

»Ich schaute beim Sackhüpfen zu. Sie stand neben mir. Ich weiß nicht mehr, ob sie oder ich zuerst etwas sagte. Jedenfalls meinte sie, diese Dorffeste seien sich doch alle gleich, sie seien langweilig und sie würde lieber gehen. Ich bot ihr, weil ich selber gehen wollte, höflich einen Platz in meinem Auto an.«

»Ist das alles?«

»Nochmal das gleiche, Charlie!«

Dieser goß ohne zu fragen alle drei Gläser nach und Maigret ließ es ohne Widerspruch zu.

»Sie erzählte mir, sie würde viel lesen, erzählte mir, was sie gelesen hätte. Es waren Bücher, die sie nicht verstehen konnte und die sie verwirrten. Soll das ein Verhör sein, Herr Kommissar? Wissen Sie, ich habe nichts dagegen, aber hier . . .?«

»Hör zu, Théo!« protestierte Charles. »Ich erinnere dich daran, daß ich Monsieur Maigret gebeten habe, herzukommen.«

»Sie sind der erste, den ich treffe«, fügte der Kommissar hinzu, »der dieses Mädchen ein wenig zu kennen scheint, jedenfalls der erste, der mir von ihr erzählt.«

»Was möchten Sie noch wissen?«

»Was Sie von ihr halten?«

»Sie war ein kleines Bauernmädchen, das zuviel gelesen hatte und seltsame Fragen stellte.«

»Worüber?«

»Über alles, über die Güte, über den Egoismus, über die menschlichen Beziehungen untereinander, über die Intelligenz, was weiß ich?«

»Über die Liebe?«

»Sie erklärte mir, sie würde nicht daran glauben und sich nie so weit erniedrigen, sich einem Mann hinzugeben.«

»Auch nicht als Ehefrau?«

»Sie hielt die Ehe für etwas sehr Schmutziges, wie sie sich ausdrückte.«

»So daß also zwischen Ihnen beiden nichts gewesen ist?«

»Absolut nichts.«

»Überhaupt keine Intimität?«

»Sie nahm meine Hand, wenn wir spazierengingen, oder lehnte sich beim Autofahren ein wenig an meine Schulter.«

»Hat sie mit Ihnen nie über den Haß gesprochen?«

»Nein. Ihre fixen Ideen waren der Egoismus und der Stolz, wobei sie das letzte Wort mit einem stark normannischen Akzent aussprach. Charlie!«

»Kurz«, warf sein Bruder ein, »du hast dich amüsiert, deine Charakterstudien zu betreiben!«

Aber Théo hielt es nicht der Mühe wert, darauf zu antworten.

»Ist das alles, Herr Kommissar?«

»Kannten Sie Henri schon vor Roses Tod?«

Diesmal wurde Charles wirklich nervös. Woher wußte Maigret das alles und warum hatte er ihm nichts davon erzählt? Allmählich kam ihm Théos Benehmen und auch sein verlängerter Aufenthalt in Etretat etwas rätselhaft vor.

»Ich kannte ihn nur dem Namen nach, denn sie hatte mir von ihrer ganzen Familie erzählt, die sie nicht leiden konnte; wohlgemerkt unter dem Vorwand, man würde sie nicht verstehen.«

»Haben Sie Henri Trochu nach ihrem Tod getroffen?«

»Er hat mich auf der Straße angesprochen, fragte mich, ob ich es gewesen sei, der mit seiner Schwester ausgegangen sei, und sah so aus, als ob er sich mit mir schlagen wollte. Ich antwortete ihm in aller Ruhe und er fing sich wieder.«

»Haben Sie ihn noch einmal getroffen?«

»Ja, gestern abend.«

»Warum?«

»Weil wir uns zufällig begegnet sind.«

»Hat er etwas gegen Ihre Familie?«

»Er ist vor allem böse auf Valentine.«

»Aus welchem Grund?«

»Das ist seine Sache. Ich nehme an, Sie können ihn fragen, so wie Sie mich ausgefragt haben. Charlie!«

Maigret ging plötzlich auf, wen Théo so akkurat nachzuahmen versuchte: den Herzog von Windsor.

»Zwei oder drei Fragen noch, wenn Sie so liebenswürdig sind. Haben Sie Rose nie in La Bicoque besucht?«

»Nie.«

»Haben Sie auch nicht in der Nähe auf sie gewartet?«

»Sie kam hierher.«

»Hat sie sich in Ihrer Gesellschaft nie betrunken?«

»Nach zwei oder drei Gläsern war sie ziemlich am Ende.«

»Hat sie nie gesagt, daß sie sterben wolle?«

»Sie hatte eine Heidenangst vor dem Tod und bat mich beim Autofahren immer, langsam zu fahren.«

»Mochte sie Ihre Stiefmutter? Diente sie ihr gerne?«

»Ich glaube nicht, daß zwei Frauen, die von morgens bis abends zusammen sind, sich gut leiden können.«

»Glauben Sie, daß sie sich zwangsläufig hassen?«

»Das habe ich nicht gesagt.«

»Eigentlich«, sagte Charles Besson, »erinnert mich das an Valentine, die ich besuchen sollte. Es wäre nicht sehr höflich, wenn ich in Etretat bin und mich nicht nach ihrem Befinden erkundige. Begleiten Sie mich, Herr Kommissar?«

»Danke.«

»Sie bleiben noch bei meinem Bruder?«

»Ich bleibe noch einen Augenblick hier.«

»Brauchen Sie mich heute nicht mehr? Morgen bin ich in Dieppe auf der Beerdigung. Übrigens, Théo, meine Schwiegermutter ist gestorben.«

»Meinen Glückwunsch.«

Er ging mit hochrotem Gesicht, wobei man nicht sagen konnte, ob es nun von den Apéritifs oder vom Benehmen seines Bruders kam.

»Idiot!« zischte Théo zwischen den Zähnen. »So, er ließ Sie also extra aus Paris kommen!« Er zuckte die Schultern, griff nach den Würfeln, als ob er damit demonstrieren wollte, daß er nichts mehr zu sagen hatte. Maigret zog seinen Geldbeutel aus der Tasche, drehte sich nach Charlie um, aber Théo murmelte nur undeutlich: »Setz das auf meine Rechnung.«

Als Maigret aus dem Kasino kam, sah er Castaings Wagen und neben dem Hotel den Inspektor, der ihn suchte.

»Haben Sie einen Augenblick Zeit? Trinken wir einen?«

»Lieber nicht. Ich habe, glaube ich, eben drei Apéritifs hintereinander getrunken und würde lieber gleich etwas essen.«

Er fühlte sich wie betäubt. Er neigte auf einmal dazu, die ganze Geschichte in einem eher komischen Licht zu sehen, und auch Castaing mit seiner ernsten und geschäftigen Miene machte auf ihn einen eher belustigenden Eindruck.

»Ich habe das Gefühl, es wäre besser, wenn Sie selber nach Yport fahren! In den fünf Jahren, in denen ich hier lebe, glaubte ich, die Normannen kennengelernt zu haben, aber dieser Familie fühle ich mich nicht gewachsen.«

»Was haben sie gesagt?«

»Nichts. Weder ja noch nein, noch dies oder jenes. Sie schauen mich schief an, bieten mir keinen Stuhl an, warten nur darauf, daß ich wieder gehe. Manchmal schauen sie sich verstohlen an, als ob sie zu sich sagten:

›Erzählen wir ihm was?‹

›Das mußt du wissen!‹

›Nein, du!‹

Dann sagt die Mutter etwas, das vielleicht nebensächlich, vielleicht auch wichtig ist.«

»Was?«

»Zum Beispiel: Diese Leute da, die halten zusammen, da wird keiner den Mund aufmachen.«

»Was noch?«

»Sie müssen einen Grund gehabt haben, meine Tochter nicht mehr zu uns kommen zu lassen.«

»Besuchte sie sie nicht mehr?«

»Nur noch selten, wie ich es verstand. Denn bei denen wird man nicht schlau aus dem, was sie sagen. Es kommt einem vor, als ob sie eine andere Sprache reden. Sie sagen etwas und nehmen es sofort zurück. Dabei kommt heraus, daß wir hier sind, um ›diesen Leuten da‹ Unannehmlichkeiten zu ersparen und nicht, um die Wahrheit herauszufinden. Sie wollen einfach nicht glauben, daß Rose durch ein bedauerliches Versehen gestorben ist. Wenn man sie so reden hört, hatte man es auf sie und nicht auf Valentine abgesehen.

Als der Vater nach Hause kam, bot er mir immerhin ein Glas Apfelwein an, weil ich nun einmal unter seinem Dach war, aber auch erst nach langem Zögern. Der Sohn war auch noch da, denn sein Schiff läuft erst heute nacht aus, aber er trank nicht mit.«

»Henri, der älteste?«

»Ja. Er sagte kein einziges Wort. Ich glaube, er hat ihnen geraten zu schweigen. Wenn ich den Vater in einem Restaurant in Fécamp getroffen und er schon einiges getrunken hätte, würde er sicher mehr sagen. Was haben Sie gemacht?«

»Ich habe mit den beiden Besson geredet, zuerst mit Charles, dann mit Théo.«

Sie setzten sich zu Tisch. Vor ihnen stand eine Flasche Weißwein, und der Inspektor füllte die beiden Gläser. Maigret achtete nicht darauf, und als sie den Speisesaal verließen, hätte er am liebsten ein Mittagsschläfchen gehalten, bei weit offenen Fenstern zur Sonne und zum Meer hin.

Irgendein Ehrgefühl hielt ihn ab. Auch ein Erbe aus der Kindheit, eine Art Pflichtbewußtsein, das er gerne übertrieb; das Gefühl, für sein Geld nie genug zu arbeiten. Das ging sogar so weit, daß er im Urlaub – zu dem er nicht jedes Jahr kam: zum Beispiel auch dieses Jahr nicht – beinahe Schuldgefühle hatte.

»Was soll ich jetzt machen?« fragte Castaing und war überrascht, daß der Kommissar so schläfrig und unentschlossen war.

»Was du magst, mein Sohn. Suche weiter. Ich weiß nicht wo. Vielleicht könntest du den Doktor noch einmal aufsuchen.«

»Doktor Jolly?«

»Ja. Und die Leute. Egal wen! Auf gut Glück! Das alte Fräulein Seuret langweilt sich allein und ist sicher zu einem Schwatz aufgelegt.«

»Soll ich Sie irgendwo absetzen?«

»Danke.«

Er wußte, daß ein solcher Punkt bei jedem Fall zu überwinden war, und daß er dann – zufällig oder instinktiv – jedesmal ein bißchen zuviel getrunken hatte.

Jedesmal, wenn, wie er es nannte, ›die Sache ins Rollen kam‹. Anfangs kannte er nur die nüchternen Fakten, wie sie in den Berichten festgehalten werden. Dann traf er

Leute, die er nie zuvor gesehen hatte, die er tags zuvor noch nicht kannte, und er schaute sie an wie Fotos in einem Album.

Man mußte den anderen so schnell wie möglich durchschauen, Fragen stellen, den Antworten glauben oder nicht und dabei vermeiden, vorschnelle Ansichten zu entwickeln.

In dieser Phase behielten die Leute und die Dinge noch ihre klaren Konturen, blieben noch unzugänglich, anonym und unpersönlich.

In einem ganz bestimmten Augenblick und scheinbar ohne Grund kam die Sache ins Rollen. Die Personen verloren ihre scharfen Umrisse und bekamen gleichzeitig menschlichere Züge; sie wurden vor allem komplizierter, und dann hieß es aufpassen.

Kurz, er begann dann ihr Wesen zu sehen, tastete sich vor, fühlte sich dabei unbehaglich in der Vorstellung, daß es nur noch einer kleinen Anstrengung bedürfe, um klar zu sehen und die Wahrheit ans Licht zu ziehen.

Mit den Händen in den Taschen und der Pfeife zwischen den Zähnen lief er langsam die staubige Straße entlang, die er nun schon kannte, wobei ihm eine ganz dumme Nebensächlichkeit auffiel, die aber vielleicht wichtig war. In Paris konnte man an jeder Ecke in ein öffentliches Verkehrsmittel einsteigen. Wie weit war La Bicoque vom Zentrum Etretats entfernt? Ungefähr einen Kilometer. Valentine hatte kein Telefon. Sie hatte kein Auto mehr. Wahrscheinlich fuhr sie auch nicht Fahrrad.

Für die alte Dame war es also mit einem ziemlichen Aufwand verbunden, andere Leute zu treffen, manchmal sah sie sicher tagelang niemand. Ihre nächste Nachbarin war Mademoiselle Seuret, die beinahe neunzig war und ihren Lehnstuhl wohl auch nicht mehr verließ.

Erledigte Valentine ihre Einkäufe selber? Hatte sie früher Rose damit beauftragt?

An den Hecken hingen große schwarze Beeren, aber er blieb nicht stehen, um welche zu pflücken, und auch nicht, um sich aus den Zweigen Ruten zu schneiden. Schade, daß er aus dem Alter heraus war. Der Gedanke daran belustigte ihn. Dann dachte er an Charles, an dessen Bruder Théo und nahm sich vor, selber zu den Trochu zu gehen und ein Glas mit ihnen zu trinken. Ob man ihm eines anbieten würde?

Er stieß die grün angestrichene Gartentür auf und atmete den vollen Duft aller Blumen und Büsche im Garten ein. Er hörte ein gleichmäßiges Kratzen und bemerkte an der Ecke auf dem Gartenweg einen alten Mann, der die Erde um die Rosenstöcke hackte. Das mußte Honoré, der Gärtner, sein, der dreimal wöchentlich bei Valentine arbeitete und auch bei Mademoiselle Seuret angestellt war. Der Mann richtete sich auf und betrachtete den fremden Besucher, hob eine Hand an die Stirn, wobei man nicht wußte, ob er grüßte oder die Augen vor der Sonne schützte.

Er sah aus wie ein Gärtner aus dem Bilderbuch, fast bucklig durch das dauernde Bücken, mit kleinen vorwitzigen Augen und dem mißtrauischen Blick eines Tieres, das gerade aus seinem Bau lugt. Er sagte nichts, folgte Maigret mit den Augen und erst, als er hörte, wie die Tür aufging, fuhr er mit seinem eintönigen Kratzen fort.

Diesmal öffnete ihm nicht Madame Leroy, sondern Valentine selbst und begrüßte ihn wie einen alten Bekannten.

»Ich hatte heute morgen Besuch«, sagte sie lebhaft. »Charles besuchte mich. Er schien enttäuscht zu sein von der Art und Weise, in der sein Bruder sich Ihnen gegenüber benommen hat.«

»Hat er Ihnen von unserer Unterhaltung berichtet?«

»Von welcher Unterhaltung? Warten Sie. Er erzählte mir vor allem von der alten Madame Montet, die gestorben ist. Seine finanzielle Situation ändert sich dadurch. Er ist nun reich, reicher als je zuvor, denn dem alten Drachen gehörten mehr als sechzig Häuser, ganz abgesehen von den Effekten und wohl auch einem hübschen Batzen Gold. Was trinken Sie?«

»Ein Glas Wasser, so eiskalt wie möglich.«

»Unter der Bedingung, daß Sie dann auch etwas anderes trinken. Tun Sie es mir zuliebe. Ich trinke nie allein. Es wäre schrecklich, nicht wahr? Stellen Sie sich eine alte Frau vor, die sich einen Calvados nach dem anderen genehmigt. Aber ich gebe zu, wenn jemand kommt, nütze ich die Gelegenheit.«

Sei's drum! Er fühlte sich gut. Es war ihm etwas warm in diesem kleinen Zimmer, und die Sonne schien ihm auf die Schulter. Valentine hatte ihn gebeten, Platz zu nehmen, bediente ihn mit lebhaften und flinken Bewegungen und einem beinahe schelmischen Ausdruck in den Augen.

»Hat Charles Ihnen sonst nichts erzählt?«

»Worüber?«

»Über seinen Bruder?«

»Er hat mir nur gesagt, daß er nicht versteht, wie sein

Bruder sich in einem so schlechten Licht zeigen konnte, aber er meinte, er hätte es wohl absichtlich gemacht. Er war verärgert. Er bewundert Théo außerordentlich und legt großen Wert auf den Zusammenhalt in der Familie. Ich wette, daß er nichts Schlechtes über mich gesagt hat.«

»Stimmt.«

»Wer dann?«

Er war noch keine drei Minuten im Haus und schon war er es, der beinahe unmerklich ausgefragt wurde.

»Meine Tochter, nicht wahr?«

Aber sie lächelte, als sie das sagte.

»Haben Sie keine Angst, Sie könnten etwas verraten. Sie hat mir gegenüber nie ein Hehl daraus gemacht. Sie hat mir gesagt, daß sie Ihnen alles erzählt hat, was sie denkt.«

»Ich glaube nicht, daß Ihre Tochter sehr glücklich ist.«

»Glauben Sie, sie wäre es gern?«

Sie lächelte über ihr Glas Maigret zu.

»Ich weiß nicht, ob Sie oft mit Frauen zu tun haben. Die Rose zum Beispiel wäre furchtbar unglücklich gewesen, wenn sie nicht dauernd Probleme zu wälzen gehabt hätte, philosophische Probleme, verstehen Sie, die sie dann plötzlich mit tiefsinnigem Blick zu lösen versuchte, kaum antwortete, wenn ich ihr etwas sagte, und ziemlichen Krach beim Geschirrspülen machte, als ob man sie daran hindern würde, eine Lösung zu finden, von der das Schicksal der Welt abhing.«

»Stimmt es, daß sie ihre Eltern nicht mehr besuchte?«

»Sie besuchte sie nur selten, denn es kam jedesmal zu Szenen.«

»Warum?«

»Können Sie sich nicht denken, warum? Sie kam bei ihnen an mit ihren Problemen, gab Ratschläge, die sie kurz vorher in den Büchern gelesen hatte, und wurde natürlich für eine alberne Gans gehalten.«

»Hatte sie keine Freundinnen?«

»Aus eben diesem Grunde nicht. Und deshalb ging sie auch nicht mit den Jungen aus der Gegend, die ihr zu ungebildet und spießig waren.«

»Das heißt, daß sie außer mit Ihnen eigentlich mit niemand redete?«

»Sie ging einkaufen, aber da mußte sie ja auch nicht viel reden. Halt! Ich vergaß den Doktor. Rose hatte nämlich in der Bibliothek ein medizinisches Buch entdeckt, in das sie sich ab und zu hineinvertiefte und mir danach schwierige Fragen stellte.

›Geben Sie zu, daß Sie wissen, daß ich nicht mehr lange lebe!‹

›Bist du krank, Rose?‹

Sie hatte dann eine Krebsart oder mit Vorliebe irgendeine ausgefallene Krankheit an sich entdeckt. Das beschäftigte sie ein paar Tage, dann wollte sie eine Stunde frei haben und ging zum Arzt. Vielleicht war auch das eine Gelegenheit für sie, ihre Probleme zu besprechen, denn Doktor Jolly hörte ihr geduldig und ernsthaft zu und widersprach ihr auch nie.«

»Verbrachte sie ihre Abende bei Ihnen?«

»Ich habe sie nie im Salon sitzen sehen, was mir übrigens auch nicht gepaßt hätte. Finden Sie mich altmodisch? Nach dem Abspülen ging sie immer sofort auf ihr Zimmer, legte sich angezogen auf das Bett und rauchte Zigaretten. Sie hat sich bestimmt nichts aus dem Rauchen gemacht. Sie konnte auch nicht rauchen. Sie mußte dabei dauernd die Augen schließen, aber das gehörte zu ihrer Vorstellung von Poesie. Bin ich sehr hart? Nicht so sehr, wie Sie meinen. Wenn ich hinaufging, kam sie mit hochrotem Gesicht und glänzenden Augen an und wartete, bis ich mich schlafen gelegt hatte, damit sie mir meine Medizin geben konnte.

›Vergessen Sie nicht, Ihr Zimmer vor dem Schlafen zu lüften!‹ sagte ich regelmäßig zu ihr, weil der Zigarettenrauch durch alle Türen drang. Sie antwortete:

›Nein, Madame. Gute Nacht, Madame.‹

Wenn sie sich dann auszog, machte sie soviel Krach wie eine ganze Kompanie.«

Madame Leroy machte auch Krach in der Küche, aber es bereitete ihr offenbar Vergnügen, ihre Selbständigkeit zu demonstrieren. Sie öffnete mürrisch die Tür, schaute Maigret ausdruckslos an, schien ihn aber nicht zu sehen.

»Soll ich die Suppe aufsetzen?«

»Vergessen Sie nicht die Markknochen.«

Und sie wandte sich wieder Maigret zu:

»Außer Julien, meinem Schwiegersohn, haben Sie nun eigentlich die ganze Familie kennengelernt. Sie zeichnet sich nicht gerade durch besondere Vorzüge aus, aber sie ist auch nicht von der schlechtesten Sorte, nicht wahr?«

Er versuchte gerade vergeblich, sich an das zu erinnern, was Arlette über ihre Mutter gesagt hatte.

»Ich glaube bald auch noch daran wie der gute Charles, daß es nur ein unerklärlicher Unglücksfall war. Sie sehen, ich bin immer noch am Leben und wenn jemand in einem bestimmten Augenblick beschlossen hatte, mich umzubringen – Gott weiß warum – sieht es so aus, als ob ihn der Mut verlassen hätte. Was denken Sie?«

Er dachte überhaupt nichts. Er sah sie an mit einem etwas verschwommenen Blick und geblendet von der Sonne, die zwischen ihnen spielte. Ein undeutliches Lächeln lag auf ihren Lippen – Madame Maigret hätte gesagt, ein glückliches Lächeln –, während er sich fragte, nicht im Ernst, nur so zum Spaß, ob es gelingen würde, eine Frau wie diese aus der Fassung zu bringen.

Er nahm sich Zeit und ließ sie weiterreden, trank ab und zu einen Schluck Calvados; der fruchtige Alkoholduft gehörte allmählich zur Atmosphäre des Hauses dazu, außer dem Geruch nach guter Küche und einem Hauch Bohnerwachs und Sauberkeit. Die Mädchen konnten es ihr beim Putzen sicher nicht rechtmachen, und er stellte sich vor, wie sie am Morgen, ein Häubchen auf dem Kopf, den Staub auf all den zerbrechlichen Nippsachen selbst wischte.

»Finden Sie mich originell? Oder halten Sie mich allmählich wie manche hier für eine verrückte Alte? Sie kommen auch noch dahin! Wenn man alt wird, kümmert man sich nicht mehr um die Meinung der Leute und tut, was man will.«

»Haben Sie Théo noch einmal getroffen?«

»Nein. Warum?«

»Wissen Sie, in welchem Hotel er abgestiegen ist?«

»Ich glaube, ich hörte, wie er am Sonntag sagte, daß er sein Zimmer im Hotel des Anglais hat.«

»Nein. Im Hotel de la Plage.«

»Warum, glauben Sie, sollte er mich aufgesucht haben?«

»Ich weiß nicht. Er kannte Rose.«

»Théo?«

»Er ist ein paar Mal mit ihr ausgegangen.«

»Das kann nicht oft gewesen sein, denn sie ging kaum aus.«

»Haben Sie es ihr nicht erlaubt?«

»Ich erlaubte ihr natürlich nicht, sich abends auf den Straßen herumzutreiben.«

»Sie tat es trotzdem. Wie oft hatte sie Ausgang?«

»Zwei Sonntage im Monat. Sie ging nach dem Mittagessen, wenn sie mit dem Abspülen fertig war; wenn sie zu ihren Eltern fuhr, kam sie erst Montag früh mit dem ersten Bus zurück.«

»Sie waren dann allein zu Haus?«

»Ich habe Ihnen schon gesagt, daß ich keine Angst habe. Wollen Sie vielleicht behaupten, daß zwischen Théo und Rose irgend etwas war?«

»Er sagte mir, sie war schon zufrieden, wenn sie auch mit ihm über ihre Probleme sprechen konnte.«

Und er fügte etwas boshaft hinzu:

». . . indem sie seine Hand hielt oder den Kopf an seine Schulter lehnte.«

Sie lachte, lachte so aus vollem Herzen, daß sie beinahe keine Luft mehr bekam.

»Sagen Sie ganz schnell, daß das nicht wahr ist.«

»Es ist absolut richtig. Deswegen war Charles auch heute nicht sehr stolz auf seinen Bruder.«

»Hat Théo in seiner Gegenwart mit Ihnen darüber gesprochen?«

»Es blieb ihm nichts anderes übrig. Er merkte, daß ich Bescheid wußte.«

»Und woher wußten Sie es?«

»Erstens, weil ich ihn gestern in Begleitung von Roses Bruder getroffen habe.«

»Henri?«

»Ja. Sie unterhielten sich ziemlich lange in einem Café in der Stadt.«

»Wo hat er ihn kennengelernt?«

»Ich weiß es nicht. Wie er sagte, wußte auch Henri davon und wollte von ihm eine Erklärung.«

»Das ist zu komisch! Wenn nicht ausgerechnet Sie mir das bestätigen würden ... Sehen Sie, Monsieur Maigret, man muß Théo kennen, um zu merken, wie komisch das ist, was Sie mir gerade erzählen. Er ist der größte Snob auf der Welt. Das ist vielleicht sein einziger Lebenszweck geworden. Er würde sich lieber irgendwo zu Tode langweilen, wenn es nur eine feine Gesellschaft ist, und er würde Hunderte von Kilometern fahren, um in Begleitung einer prominenten Persönlichkeit gesehen zu werden.«

»Das weiß ich.«

»Und dann geht er mit Rose händchenhaltend spazieren ... Hören Sie! Es gibt da etwas, das Sie nicht wissen, woran keiner gedacht hat, Ihnen das von meinem Dienstmädchen zu erzählen. Schade, daß ihre Eltern ihre paar Habseligkeiten mitgenommen haben. Ich hätte Ihnen sonst ihre Kleider, vor allem ihre Hüte gezeigt. Sie müssen sich die ausgefallensten Farben vorstellen, Farben, die überhaupt nicht zusammenpassen. Rose hatte einen enormen Busen. Wenn sie nun ausging – hier im Haus hätte ich ihr nie erlaubt, so herumzulaufen –, trug sie so enge Kleider, daß sie kaum atmen konnte. Und an diesen Tagen ging sie mir beim Kommen und Gehen aus dem Wege, weil sie so übertrieben und schlecht geschminkt war, daß man sie für eines dieser Mädchen halten konnte, die in Paris an gewissen Straßenecken stehen. Théo und sie! Du lieber Gott!«

Und sie lachte wieder, diesmal etwas nervöser.

»Sagen Sie, wohin gingen sie zusammen?«

»Ich weiß nur, daß sie sich auf dem Jahrmarkt von Vaucottes getroffen und in einem kleinen Café in Etretat etwas getrunken haben.«

»Ist das schon lange her?«

Er schien jetzt beinahe zu schlafen. Mit einem undefinierbaren Lächeln beobachtete er sie durch die halbgeschlossenen Augenlider.

»Das letzte Mal am vorigen Mittwoch.«

»Hat Théo das zugegeben?«

»Nicht gerade gern, aber immerhin.«

»Man hat sie sicher gesehen. Ich hoffe wenigstens, daß er nicht wie der Liebhaber meiner Tochter durch das Fenster in mein Haus eingestiegen ist, um sie zu sehen.«

»Er versichert, daß es nicht so war.«

»Théo«, wiederholte sie immer noch ungläubig.

Dann stand sie auf und füllte die Gläser nach.

»Wenn ich mir vorstelle, daß Henri, der Dickkopf in der Familie, von ihm Rechenschaft verlangt. Aber . . .«

Ihr eben noch ironischer Gesichtsausdruck wurde nachdenklich und wich dann einer belustigten Miene.

»Das wäre die Höhe ... Seit zwei Monaten ist Théo in Etretat, nicht wahr ... Stellen Sie sich bloß vor ... Nein! Das wäre ungeheuerlich ...«

»Sie meinen, wenn sie ein Kind bekommen hätte ...«

»Nein! Entschuldigen Sie, das kam mir nur gerade so ... Hatten Sie auch daran gedacht?«

»Beiläufig.«

»Es würde nichts erklären.«

Der Gärtner tauchte hinter der Glastür auf und wartete, ohne sich zu bewegen, weil er sicher war, daß man ihn schließlich bemerken würde.

»Entschuldigen Sie mich bitte einen Augenblick! Ich muß ihm sagen, was er machen soll.«

Was war das? Er hörte das Ticken einer Uhr, das ihm bis jetzt nicht aufgefallen war, und fand schließlich auch heraus, daß das gleichmäßige Geräusch aus dem ersten Stock, das man durch die hellhörige Decke dieses Spielzeughauses hörte, das Schnurren der Katze war, die sicher auf dem Bett ihrer Herrin lag.

Die Sonne schien durch das Fenster und warf kleine Karos, spielte auf den Nippsachen, die dabei glänzten, und auf dem spiegelblanken Tisch zeichneten sich die klaren Umrisse eines Lindenblatts ab.

Madame Leroy machte einen solchen Krach in der Küche, daß man glauben konnte, sie stelle die ganze Einrichtung auf den Kopf. Draußen im Garten hörte man wieder das gleichmäßig kratzende Geräusch.

Maigret meinte, er hätte dieses Geräusch die ganze Zeit gehört, und doch war er, als er die Augen aufschlug, überrascht, Valentines Gesicht in etwa einem Meter Abstand vor sich zu sehen. Sie lächelte ihn gleich an, damit er nicht in Verlegenheit kommen würde, während er mit belegter Stimme murmelte:

»Ich glaube, ich habe ein Nickerchen gemacht.«

7

Die Vorhersagen des Kalenders

Beim Abschied waren Maigret und die alte Dame so gut gelaunt, daß es nicht weiter überrascht hätte, wenn sie sich gegenseitig auf die Schulter geklopft hätten.

Ob Valentine auch noch zum Lachen zumute war, als sie die Tür hinter sich geschlossen hatte? Oder wurde sie, als sie wieder mit der mürrischen Madame Leroy allein war, ernst, wie man es zuweilen nach einem Lachanfall wird?

Maigret jedenfalls ging nachdenklich und mit etwas schwerfälligen Schritten in die Stadt zurück und wollte Doktor Jolly aufsuchen. Auf einmal stand Castaing wie aus dem Boden gewachsen vor ihm, aber der Boden stellte sich als Kneipe heraus, dem strategischen Stützpunkt, wo der Inspektor gewartet und solange Karten gespielt hatte.

»Ich habe mit dem Doktor gesprochen, Chef. Rose war nicht krank, sie strotzte nur so vor Gesundheit. Trotzdem ging sie von Zeit zu Zeit zu ihm und er verschrieb ihr harmlose Medikamente, um ihr eine Freude zu machen.«

»Was waren . . .?«

»Hormonpräparate. Sie wollte unbedingt welche haben und redete nur noch von ihren Drüsen.«

Castaing lief neben dem Kommissar her und fragte verwundert:

»Sie gehen noch einmal hin?«

»Ich habe nur eine Frage an ihn. Du kannst auf mich warten.«

Es war der erste Tag, an dem er den Inspektor duzte, der nicht zu seinem Dienstbereich gehörte, und das war ein Signal. Sie kamen an ein großes, viereckiges Haus mit efeuberankten Mauern, das in einem parkähnlichen Garten stand.

»Hier wohnt er«, sagte Castaing. »Aber seine Sprechstunde hält er in dem Anbau links.«

Der Anbau ähnelte einer Garage. Sicher war Madame Jolly eine Frau, die Kranke und den Geruch von Medikamenten haßte und das alles nicht im Hause haben wollte.

»Sehen Sie zu, daß er Sie gleich sieht, sobald er die Tür öffnet. Sonst können Sie stundenlang warten.«

Die Wände waren weißgekalkt. Auf den Bänken rundherum warteten Frauen, Kinder, alte Leute, insgesamt etwa zwölf Personen.

Ein Junge hatte einen dicken Verband um den Kopf, eine Frau mit einem Schal um die Schultern versuchte vergeblich, ein Baby auf ihrem Arm zu beruhigen. Alle Blicke richteten sich auf eine Tür im Hintergrund, hinter der Stimmengemurmel zu hören war, und Maigret hatte Glück, daß die Tür aufging, kurz nachdem er hereingekommen war. Eine dicke Bäuerin kam heraus, der Doktor schaute im Zimmer herum und sein Blick fiel auf den Kommissar.

»Kommen Sie doch bitte herein. Ich komme gleich nach.«

Er zählte die Patienten, trennte die Spreu vom Weizen, das heißt, er sagte zu drei oder vier Leuten:

»Heute kann ich Sie nicht mehr behandeln. Kommen Sie übermorgen zur gleichen Zeit.« Er machte die Tür wieder zu.

»Gehen wir hinüber ins Haus. Sie möchten sicher etwas trinken?«

»Ich habe nur eine Frage an Sie.«

»Aber ich freue mich, Sie zu sehen. Ich lasse Sie so schnell nicht wieder gehen.«

Er öffnete eine Seitentür und führte den Kommissar durch den Garten in das große viereckige Haus.

»Schade, daß meine Frau ausgerechnet heute in Le Havre ist. Sie hätte sich sehr gefreut, Sie kennenzulernen.«

Das Haus war teuer und behaglich eingerichtet, nur ein wenig dunkel wegen der großen Bäume im Garten.

»Eben war der Inspektor hier und ich sagte ihm, Rose hätte hundert Jahre werden können. Sie war überhaupt nicht krank. Ich habe selten eine so kerngesunde Familie wie ihre behandelt. Ich wünschte, Sie hätten ihren Körper sehen können.«

»War sie nicht schwanger?«

»Wie kommen Sie darauf? Auf die Frage wäre ich zuallerletzt gekommen. Sie war erst vor kurzem da und hat nichts dergleichen gesagt. Vor ungefähr drei Monaten habe ich sie gründlich untersucht, und ich könnte beinahe schwören, daß sie bis zu diesem Zeitpunkt noch keine sexuellen Beziehungen hatte.

Was darf ich Ihnen anbieten?«

»Nichts. Ich komme gerade von Valentine, wo ich mehr trinken mußte als mir lieb war.«

»Wie geht es ihr? Sie ist auch eine, die kerngesund ist

und keinen Arzt braucht. Eine bezaubernde Frau, nicht? Ich habe sie vor ihrer zweiten Ehe kennengelernt, das heißt sogar schon vor der ersten. Ich habe sie auch entbunden.«

»Halten Sie sie für völlig normal?«

»Sie meinen geistig? Weil sie manchmal etwas sonderbar ist? Unterschätzen Sie solche Leute nicht, Kommissar! Sie sind im allgemeinen klar bei Verstand! Sie weiß, was sie macht, lassen Sie nur! Sie hat es schon immer gewußt. Sie hängt an ihrem bißchen Leben, an ihrem kleinen Häuschen, ihren kleinen Annehmlichkeiten. Kann man es ihr übelnehmen? Ich mache mir um sie keine Sorgen!«

»Und die Rose?«

Maigret dachte an die Patienten, die warten mußten, an die Frau mit dem Baby auf dem Arm, an den Jungen mit dem dicken Verband um den Kopf. Aber der Doktor hatte es offenbar nicht eilig, zündete sich eine Zigarre an und machte es sich in einem Sessel bequem, als ob die Unterhaltung länger dauern würde.

»Es gibt in Frankreich Tausende von Mädchen wie Rose. Sie wissen, woher sie stammt. Sie ging alles in allem vielleicht drei Jahre in die Dorfschule und kam plötzlich in eine ganz andere Umgebung. Man redete zu sehr auf sie ein. Sie hat zu viel gelesen. Wissen Sie, was sie mich bei einem ihrer Besuche gefragt hat? Was ich von den Theorien Freuds hielte! Sie wollte auch wissen, ob ihr Hormonsystem in Ordnung war, was weiß ich noch alles! Ich tat so, als ob ich sie ernst nehmen würde. Ich ließ sie reden. Ich verordnete ihr Medikamente, die nicht mehr halfen als Wasser.«

»Hatte sie Kummer?«

»Überhaupt nicht. Im Gegenteil, wenn sie sich gehen ließ, war sie sehr fröhlich. Dann fing sie an zu denken, wie sie sagte, und dann nahm sie sich sehr ernst. Bei Valentine hat sie Dostojewski aufgestöbert und las ihn von Anfang bis Ende.«

»Keines der Medikamente, die Sie ihr verschrieben, enthielt Arsen?«

»Kein einziges, das kann ich Ihnen versichern!«

»Ich danke Ihnen.«

»Sie wollen schon gehen? Ich wollte noch eine Weile mit Ihnen hier reden.«

»Ich komm sicher noch einmal.«

»Wenn Sie mir das versprechen . . .«

Er stöhnte und war ärgerlich, daß er schon wieder zu seinen Patienten mußte.

Castaing wartete draußen.

»Was machen Sie jetzt?«

»Ich fahre nach Yport.«

»Soll ich Sie mit dem Simca hinfahren?«

»Nein. Ich überlege mir, ob es nicht besser wäre, du würdest deine Frau anrufen und ihr sagen, daß du heute eventuell später oder auch überhaupt nicht nach Hause kommst.«

»Sie kennt das schon. Wie wollen Sie hinkommen? Um diese Zeit fährt kein Bus. Sie können die Strecke auch nicht laufen.«

»Ich nehme ein Taxi.«

»Wenn eins von den beiden frei ist. Es gibt nämlich nur zwei in Etretat. Kommen Sie! Das Büro ist gleich hier an der Ecke in dieser kleinen Straße. Was soll ich solange machen?«

»Du wirst Théo Besson suchen.«

»Das wird nicht schwer sein. Ich brauche nur alle Bars abzuklappern. Und dann?«

»Nichts weiter. Behalte ihn im Auge.«

»Unauffällig?«

»Es macht nichts, wenn er dich sieht. Wichtig ist, daß du ihm auf den Fersen bleibst. Wenn er die Stadt mit dem Auto verläßt, fahr ihm hinterher. Park dein Auto in der Nähe seines Autos, es steht sicher in der Garage. Versuch mir eine Nachricht zu hinterlassen oder ins Hotel zu schikken. Ich glaube nicht, daß er weit fährt.«

»Wenn Sie die Trochus besuchen, wünsche ich Ihnen viel Spaß.«

Die Sonne ging allmählich unter, als Maigret die Stadt in einem Taxi verließ. Der Fahrer drehte sich dauernd um und wollte sich mit ihm unterhalten. Der Kommissar schien immer noch zu dösen, zog manchmal an seiner Pfeife, besah sich die Landschaft, deren Grün dunkel und stumpf wurde, Lichter gingen in den Bauernhöfen an, und Kühe blökten am Zaun.

Yport war nur ein Fischerdorf mit ein paar Häusern, in denen wie überall an der Küste Zimmer an Sommerurlauber vermietet wurden.

Der Fahrer mußte fragen, denn er kannte die Trochus nicht. Schließlich hielt er vor einem einstöckigen Haus, um das herum Fischernetze zum Trocknen aufgehängt waren.

»Soll ich auf Sie warten?«

»Bitte.«

Ein nur undeutlich zu erkennendes Gesicht zeigte sich am Fenster, und als Maigret an die braungestrichene Haustür klopfte, hörte er drinnen das Klappern von Gabeln und Löffeln, dem er entnahm, daß die Familie beim Essen saß.

Es war Henri, der ihm die Tür öffnete; er hatte noch den Mund voll und sah ihn schweigend an, ohne ihn hereinzubitten. Hinter ihm brannte das Herdfeuer und verbreitete schwaches Licht im Raum; darüber hing ein großer Kessel. Daneben stand ein schöner, noch beinahe ganz neuer Ofen, der aber, wie unschwer zu erraten war, eher Dekorationszwecke erfüllte und nur zu besonderen Anlässen benutzt wurde.

»Kann ich Ihren Vater sprechen?«

Dieser hatte ihn zwar gesehen, aber bisher nichts gesagt. Fünf oder sechs Personen saßen vor dampfenden Tellern an einem langen blanken Tisch, auf dem in der Mitte eine riesige Schüssel mit Kartoffeln und Kabeljau mit Sahnesoße stand. Die Mutter saß mit dem Rücken zur Tür. Ein kleiner blonder Junge verrenkte sich den Hals, um den Fremden zu sehen.

»Laß ihn herein«, sagte der Vater schließlich.

Und während er sich den Mund am Ärmelaufschlag abwischte, stand er so langsam auf, daß es beinahe feierlich aussah. So als ob er den anderen, seinem Stall voll Kinder, sagen wollte:

›Habt keine Angst. Ich bin da, und es kann nichts passieren.‹

Henri setzte sich nicht mehr hin, sondern blieb neben einem Eisenbett stehen, unter einem Farbdruck des *Angelus* von Millet.

»Sie sind bestimmt der Chef von dem, der schon hier war?«

»Ich bin Kommissar Maigret.«

»Und was wollen Sie noch von uns?«

Er hatte einen prächtigen Seemannskopf, wie ihn die Sonntagsmaler am liebsten haben, und auch zu Hause nahm er seine Mütze nie ab. In seinem blauen Pullover, in dem er unförmig aussah, schien er so breit wie lang zu sein.

»Ich bin dabei herauszufinden, wer den Mord begangen hat . . .«

»An meiner Tochter«, ergänzte Trochu, der damit betonen wollte, daß es seine Tochter war, die nun tot war, und niemand anders.

»Genau. Ich bedaure, daß ich Sie deswegen störe, aber ich dachte nicht, daß Sie schon beim Abendessen sitzen.«

»Wann essen Sie abends? Sicher später als Leute, die um halb fünf früh aus dem Bett müssen.«

»Lassen Sie sich bitte nicht beim Essen stören.«

»Ich bin fertig.«

Die anderen aßen schweigend weiter, benahmen sich ziemlich steif und ließen Maigret nicht aus den Augen. Sie hörten genau zu, wenn ihr Vater etwas sagte.

Henri hatte sich eine Zigarette angezündet, vielleicht aus Trotz. Man hatte dem Kommissar noch keinen Stuhl angeboten, er wirkte riesig groß in dem Haus mit den niedrigen Decken, wo Würste von den Balken herunterhingen.

Im Zimmer standen zwei Betten, eines davon war ein Kinderbett. Durch eine offene Tür sah man in einem Raum noch drei weitere Betten, aber keinen Waschtisch; sie wuschen sich wohl alle draußen am Brunnen.

»Haben Sie die Sachen Ihrer Tochter mitgenommen?«

»Das war doch mein gutes Recht, oder?«

»Ich mache Ihnen auch keinen Vorwurf. Es würde mir vielleicht bei meiner Aufgabe helfen, wenn ich wüßte, was alles im einzelnen dazu gehörte.«

Trochu wandte sich zu seiner Frau, deren Gesicht Maigret nun sah. Sie wirkte sehr jugendlich als Mutter einer so großen Familie und so erwachsener Kinder wie Henri und Rose. Sie war schlank, schwarz gekleidet und trug einen Anhänger mitten auf der Brust.

Sie sahen sich verwirrt an, und die Kinder rutschten auf der Bank hin und her.

»Wir haben sie schon verteilt.«

»Es sind also nicht mehr alle Gegenstände im Haus?«

»Jeanne, die in Le Havre arbeitet, nahm die Kleider und die Wäsche mit, die ihr paßten. Die Schuhe hat sie hiergelassen, weil sie ihr zu klein waren.«

»Die habe ich!« sagte ein ungefähr vierzehnjähriges Mädchen mit dicken rötlichen Zöpfen.

»Mich interessieren weniger die Kleider als die kleinen Sachen. Waren Briefe dabei?«

Diesmal sahen die Eltern Henri an, und dieser hatte offenbar keine große Lust zu antworten. Maigret fragte noch einmal.

»Nein«, sagte dieser stockend.

»Kein Tagebuch, keine Aufzeichnungen?«

»Ich habe nur einen Kalender gefunden.«

»Was für einen Kalender?«

Henri holte ihn nun doch aus dem Zimmer nebenan. Maigret erinnerte sich, daß er, als er noch klein war und auf dem Land lebte, auch solche Kalender gesehen hatte. Primitiver Druck auf schlechtem Papier und naive Illustrationen. Er staunte, daß es so etwas noch gab. Für jeden Tag im Monat folgte eine Vorhersage. Man las zum Beispiel: *17. August: Melancholie. 18. August: Nichts unternehmen. Nicht reisen. 19. August: Der Morgen ist fröhlich, aber Vorsicht am Abend.* Er lächelte nicht, als er langsam das kleine, ziemlich abgegriffene Buch durchblätterte. Allerdings war für den September nichts Besonderes darin angegeben, auch nicht für das Ende des Monats vorher.

»Haben Sie noch andere Schriftstücke gefunden?«

Da stand die Mutter auf und wollte etwas sagen; man spürte förmlich, wie sie alle geschlossen hinter ihr standen und der Antwort zustimmten, auf die sie warteten.

»Glauben Sie wirklich, daß Sie hierher kommen müssen, um solche Fragen zu stellen? Ich möchte gern, daß man mir endlich sagt, ob meine Tochter gestorben ist, ja oder nein. Wenn sie tot ist, müssen Sie nicht uns ausfragen, sondern die anderen, die man ungeschoren läßt.«

So etwas wie ein Aufatmen lag in der Luft. Fast hätte die Vierzehnjährige in die Hände geklatscht.

»Weil wir arme Leute sind«, redete sie weiter, »weil es gewisse Leute gibt, die sich anstellen . . .«

»Ich kann Ihnen versichern, Madame, daß ich die Reichen und die Armen genau gleich befrage.«

»Und auch die, die so tun, als ob sie reich wären, und es

gar nicht sind? Und die, die die große Dame spielen und eigentlich noch weniger sind als wir?«

Maigret antwortete nicht, er hoffte, sie würde weiterreden.

Nachdem sie sich umgesehen und sich Mut gemacht hatte, fuhr sie fort:

»Wissen Sie, wer diese Frau ist? Ich werde es Ihnen sagen. Meine arme Mutter heiratete einen braven Jungen, der lange in eine andere verliebt gewesen war, eben in Valentines Mutter. Beide wohnten nebeneinander. Die Eltern des Jungen wollten aber nicht, daß er sie heiratet. Damit Sie sehen, was für eine Sorte Mädchen das war ...«

Wenn Maigret richtig verstanden hatte, war Valentines Mutter ein Mädchen gewesen, das man nicht heiraten konnte.

»Sie hat ja noch geheiratet, werden Sie sagen, aber sie kriegte nur einen Säufer, einen Nichtsnutz, und diese beiden haben Madame in die Welt gesetzt.«

Vater Trochu hatte eine kurze Pfeife aus der Tasche geholt und stopfte sie in einem Tabaksbeutel, der aus einer Schweinsblase gemacht worden war.

»Ich war nie damit einverstanden, daß meine Tochter bei so einer Frau arbeitet, die vielleicht noch schlimmer als ihre Mutter ist. Wenn man auf mich gehört hätte ...«

Ein vorwurfsvoller Blick traf ihren Mann, der damals wohl erlaubt hatte, daß Rose in Valentines Dienste trat.

»Obendrein ist sie noch böse. Lachen Sie nicht. Ich weiß, was ich sage. Sie hat Sie wahrscheinlich herumgekriegt mit ihrem falschen Gehabe. Ich sage Ihnen noch einmal, daß sie böse ist, daß sie auf alle neidisch ist, daß sie meine Rose immer verachtet hat.«

»Warum ist Ihre Tochter dann bei ihr geblieben?«

»Das frage ich mich auch. Denn sie mochte sie auch nicht.«

»Hat sie Ihnen das gesagt?«

»Sie hat mir nichts gesagt. Sie redete nie über ihre Herrschaften. Zuletzt redete sie so gut wie überhaupt nichts mehr mit uns. Wir waren nicht mehr gut genug für sie, verstehen Sie? Das hat diese Frau fertiggebracht. Sie hat ihr beigebracht, ihre Eltern zu verachten, und das werde ich ihr nie verzeihen. Jetzt ist Rose tot, und die andere kam zur Beerdigung, um die große Dame zu spielen, wo sie eigentlich ins Gefängnis gehörte.«

Ihr Mann schaute sie diesmal an, als ob er sie beruhigen wollte.

»Jedenfalls brauchen Sie hier nicht weiter suchen!« sagte sie zum Schluß nachdrücklich.

»Darf ich auch etwas dazu sagen?«

»Laßt ihn reden!« sagte Henri dazwischen.

»Wir bei der Polizei können auch nicht zaubern. Wie sollen wir jemand finden, der ein Verbrechen begangen hat, wenn wir nicht wissen, warum er es getan hat?«

Er redete sehr langsam und freundlich mit ihnen.

»Ihre Tochter wurde vergiftet. Von wem? Wahrscheinlich weiß ich es, wenn ich herausfinde, warum sie vergiftet wurde.«

»Ich sage Ihnen doch, daß diese Frau sie haßte.«

»Das reicht vielleicht noch nicht als Grund. Sie dürfen nicht vergessen, daß Mord ein sehr schweres Verbrechen ist, wo man seinen Kopf aufs Spiel setzt, auf jeden Fall seine Freiheit.«

»Böse Menschen haben nicht viel zu verlieren.«

»Ich glaube, Ihr Sohn wird mich verstehen, wenn ich sage, daß auch noch andere Personen Rose kannten.«

Henri schien verlegen zu sein.

»Und vielleicht gibt es noch mehr, die wir gar nicht kennen. Deshalb wollte ich gerne ihre Sachen durchsehen. Es könnten Briefe darunter sein, Adressen, vielleicht auch Dinge, die sie geschenkt bekam.«

Als er dies sagte, verstummten sie alle, und die Blicke gingen von einem zum anderen. Sie schienen sich untereinander zu beraten, bis die Mutter mit einem letzten Rest von Mißtrauen sagte:

»Zeigst du ihm den Ring?«

Sie wandte sich an ihren Mann, der sich nur widerwillig herbeiließ und ein großes, abgegriffenes Portemonnaie aus der Tasche zog. Es hatte viele Fächer, von denen man eins mit einem Druckknopf zumachen konnte. Er holte einen in Seidenpapier eingewickelten Gegenstand heraus und gab ihn Maigret. Es war ein alter Ring mit einem grünen Stein.

»Ich nehme an, Ihre Tochter hatte mehr Schmuck?«

»Eine kleine Schachtel voll mit Sachen, die sie sich auf dem Markt in Fécamp gekauft hatte. Wir haben sie auch schon verteilt. Übriggeblieben ist hier ...«

Das kleine Mädchen rannte ohne ein Wort in ihr Zimmer und kam mit einem Silberarmband wieder, das mit blauen Glassteinen besetzt war.

»Das gehört mir!« sagte sie stolz.

Das war alles nicht viel wert, nur Ringe, Münzen, Andenken an die Erste Kommunion.

»War dieser Ring bei den anderen Sachen?«

»Nein.«

Der Fischer drehte sich zu seiner Frau, die noch etwas zögerte.

»Ich fand ihn ganz unten in einem Schuh drin, in einer kleinen Kugel aus Seidenpapier. Es waren ihre Sonntagsschuhe, die sie höchstens zweimal anhatte.«

Bei dem Schein des Herdfeuers konnte man den Stein nicht genauer anschauen, außerdem kannte sich Maigret mit Edelsteinen nicht aus, aber es war offenkundig, daß dieser Stein hier wertvoller war als der Schmuck, von dem man ihm erzählt hatte.

»Ich sage es jetzt«, sagte Trochu schließlich und war ganz rot im Gesicht geworden. »Die Sache ließ mir keine Ruhe. Gestern bin ich nach Fécamp gefahren und fragte bei der Gelegenheit einen Juwelier, der uns damals auch unsere Verlobungsringe verkauft hat. Ich habe das Wort, das er mir sagte, aufgeschrieben. Es ist ein Smaragd. Er meinte noch, daß er so viel wert sei wie ein Boot, und wenn ich ihn gefunden hätte, sei es besser, damit zur Polizei zu gehen.«

Maigret wandte sich an Henri:

»Ist es deswegen?« fragte er ihn.

Henri nickte. Die Mutter fragte mißtrauisch:

»Was habt ihr beide da für Geheimnisse? Habt ihr euch schon einmal gesehen?«

»Ich glaube, es ist besser, Ihnen zu sagen, was los ist. Ich habe Ihren Sohn in Begleitung von Théo Besson getroffen.

Das überraschte mich, aber jetzt verstehe ich es. Théo ist nämlich zwei- oder dreimal mit Rose ausgegangen.«

»Stimmt das?« fragte sie Henri.

»Es stimmt.«

»Du hast es gewußt? Und hast nichts gesagt?«

»Ich bin zu ihm gegangen, um ihn zu fragen, ob er meiner Schwester einen Ring geschenkt hat und was eigentlich zwischen ihnen los war.«

»Was sagte er daraufhin?«

»Er wollte den Ring sehen. Ich konnte ihn ihm nicht zeigen, weil Vater ihn in seiner Tasche hatte. Ich habe ihm erklärt, wie er aussah. Ich wußte noch nicht, daß es ein Smaragd war, aber er sagte sofort dieses Wort.«

»Ist er von ihm?«

»Nein. Er hat mir geschworen, daß er ihr nie ein Geschenk gemacht hat. Er machte mir klar, daß sie für ihn eine Freundin war, mit der er sich gern unterhielt, weil sie gescheit war.«

»Du hast das geglaubt? Kannst du dieser Familie ein Wort glauben?«

Henri schaute zum Kommissar und redete weiter:

»Er versucht auch, die Wahrheit herauszubekommen. Er behauptet, die Polizei wird sie nie finden. Er behauptet sogar« – sein Mund zitterte etwas – »daß Valentine Sie kommen ließ und Sie sozusagen in ihre Dienste genommen hat.«

»Ich stehe in niemandes Diensten.«

»Ich sage nur, was er gesagt hat.«

»Bist du sicher, Henri, daß er deiner Schwester den Ring nicht gab?« fragte der Vater verwirrt.

»Er schien ehrlich zu sein. Er sagte dann noch, er sei nicht reich, und selbst wenn er sein Auto verkaufen würde, könnte er so einen Ring nicht kaufen, wenn der Stein echt ist.«

»Woher hat sie ihn dann seiner Meinung nach?« fragte Maigret.

»Er weiß es auch nicht.«

»Fuhr Rose manchmal nach Paris?«

»Sie war nie in ihrem Leben dort.«

»Ich auch nicht«, sagte die Mutter. »Und ich habe überhaupt keine Lust hinzufahren. Es reicht schon, wenn man nach Le Havre muß.«

»Fuhr sie nach Le Havre?«

»Sie besuchte dort manchmal ihre Schwester.«

»Auch nach Dieppe?«

»Ich glaube nicht. Was sollte sie in Dieppe?«

»Eigentlich«, sagte Madame Trochu, »erfuhren wir in letzter Zeit so gut wie gar nichts mehr von ihr. Wenn sie uns besuchte, war sie nur auf einen Sprung da, und sie hatte an allem, was wir machten, etwas auszusetzen. Wenn sie den Mund aufmachte, redete sie nicht mehr so, wie sie es bei uns gelernt hatte, sondern sagte Dinge, die wir nicht verstanden.«

»Hing sie an Valentine?«

»Sie meinen, ob sie sie mochte? Ich glaube eher, daß sie sie verachtete. Ich merkte es an einigen Worten, die ihr herausrutschten.«

»Welchen?«

»Ich komme gerade nicht darauf, aber es fiel mir auf.«

»Warum blieb sie dann bei ihr?«

»Das habe ich sie oft gefragt. Sie gab aber keine Antwort darauf.«

Trochu entschloß sich im letzten Augenblick zu dem Schritt, den Castaing angekündigt hatte.

»Wir haben Ihnen nichts angeboten. Wollen Sie vielleicht ein Glas Apfelwein? Wenn Sie nichts gegessen haben, setze ich Ihnen lieber keinen Alkohol vor.«

Er ging hinaus in die Scheune, um ihn vom Faß zu holen, und kam zurück mit einem vollen blauen Tonkrug; er nahm ein Tuch aus einer Schublade und wischte zwei Gläser aus.

»Könnten Sie mir den Ring ein oder zwei Tage überlassen?«

»Er gehört uns nicht. Ich glaube nicht, daß er irgendwann meiner Tochter gehört hat. Wenn Sie ihn mitnehmen, hätte ich gerne einen Beleg.«

Maigret schrieb an einer Ecke des Tischs, den man dafür abgeräumt hatte, die Quittung aus. Er trank den Apfelwein, der noch etwas säuerlich war, den er aber sehr lobte, weil Trochu ihn jedes Jahr im Herbst selber machte.

»Glauben Sie mir«, sagte seine Frau, als sie ihn an die Tür brachte, »man wollte bestimmt Rose umbringen. Und wenn jemand versucht, das Gegenteil zu behaupten, hat er wohl guten Grund dazu.«

»Ich hoffe, wir werden es bald wissen.«

»Glauben Sie, daß es so schnell gehen wird?«

»Vielleicht schneller als Sie denken.«

Er hatte das Seidenpapier mit dem Ring in seine Westentasche gesteckt. Er betrachtete das Klappbett, in dem Rose sicher als Kind geschlafen hatte, das Zimmer, in dem sie später mit ihren Schwestern schlief, den Herd, an dem sie die Suppe kochte. Wenn er auch nicht mehr als Feind angesehen wurde, blieb er doch ein Fremder; auch als er ging, blieben sie zurückhaltend. Nur Henri begleitete den Kommissar bis zum Wagen.

»Würde es Ihnen etwas ausmachen, mich nach Etretat mitzunehmen?«

»Im Gegenteil.«

»Ich hole nur schnell meine Mütze und meine Tasche.«

Er hörte, wie er den anderen erklärte:

»Ich kann im Auto des Kommissars mitfahren. Von Etretat aus fahre ich direkt nach Fécamp und gehe aufs Schiff.« Er kam mit einem Sack aus Segelleinen zurück, in dem seine Sachen für den Fischfang sein mußten. Als Maigret sich umdrehte, sah er noch, wie sich die Silhouetten vor der offenen Haustür abhoben.

»Glauben Sie, er hat mich angelogen?« fragte Henri und zündete sich eine Zigarette an.

Seine Kleider verbreiteten im Auto einen starken Fischgeruch.

»Ich weiß nicht.«

»Zeigen Sie ihm den Ring?«

»Vielleicht.«

»Als ich ihn das erste Mal traf, wollte ich ihn eigentlich richtig zusammenschlagen.«

»Das habe ich mir gedacht. Ich frage mich nur, wie er es angestellt hat, Sie davon abzubringen.«

Henri überlegte.

»Das frage ich mich auch. Er ist anders, als ich ihn mir vorgestellt habe, und ich bin sicher, daß er nicht versucht hat, mit meiner Schwester zu schlafen.«

»Haben es andere probiert?«

»Der Sohn von Baboeuf, als sie siebzehn war. Ich schwöre Ihnen, daß sie es ihm gegeben hat!«

»Redete Rose nie vom Heiraten?«

»Wen hätte sie heiraten sollen?«

Er hatte offenbar auch den Eindruck, daß es für Rose keinen passenden Mann in der Gegend gab.

»Möchten Sie mir etwas sagen?«

»Nein.«

»Warum sind Sie dann mitgefahren?«

»Ich weiß nicht. Ich möchte ihn gern wiedersehen.«

»Um mit ihm über den Ring zu reden?«

»Über dies und jenes. Ich habe keine solche Ausbildung wie Sie, aber ich meine, daß da etwas nicht mit rechten Dingen zugeht.«

»Glauben Sie, Sie treffen ihn in der kleinen Bar, wo ich Sie beide neulich gesehen habe?«

»Da oder woanders. Aber ich möchte vorher aussteigen.«

Am Stadtrand stieg er dann aus und ging mit seinem Sack über der Schulter weiter, nachdem er sich kaum bedankt hatte.

Maigret fuhr zuerst zum Hotel, wo er keine Nachricht vorfand, und ging anschließend ins Kasino an die Bar zu Charlie.

»Meinen Inspektor nicht gesehen?«

»Er war auf einen Apéritif hier.«

Charlie schaute auf die Uhr; es war neun Uhr und er meinte:

»Das ist schon eine Weile her.«

»Théo Besson?«

»Sie sind hintereinander hinein- und herausgegangen.« Er zwinkerte zum Zeichen, daß er verstanden hatte.

»Trinken Sie etwas?«

»Danke.«

Es sah so aus, als ob Henri umsonst mitgefahren war, denn Maigret traf Castaing auf seinem Posten vor dem Hotel de la Plage.

»Ist er da?«

»Vor einer Viertelstunde ist er auf sein Zimmer gegangen.«

Der Inspektor zeigte auf ein erleuchtetes Fenster im zweiten Stock.

8

Das Licht im Garten

An diesem Abend schaute Castaing Maigret zwei- oder dreimal verstohlen an und fragte sich, ob dieser wohl wußte, was er wollte, wenn er wirklich der berühmte Maigret war, dem es alle jungen Inspektoren gleichtun wollten, und ob er nicht heute eine Schlappe einstecken würde, sich zumindest von den Ereignissen treiben ließ.

»Setzen wir uns einen Augenblick«, hatte der Kommissar gesagt, als er ihn vor dem Hotel angetroffen hatte, wo er Wache hielt.

Die Moralprediger, die gegen die vielen Kneipen protestieren, ahnen ja nicht, daß sie wie geschaffen sind für die Polizei. Zufällig gab es eine etwa 50 Meter vom Hotel de la Plage entfernt, von der aus man, wenn man sich vorbeugte, Théos Fenster im Blick hatte.

Castaing hatte geglaubt, Maigret wolle mit ihm reden und ihm Anweisungen geben.

»Ich möchte einen Kaffee mit Rum trinken«, gestand Maigret.

»Es ist heute abend nicht gerade warm.«

»Haben Sie schon zu Abend gegessen?«

»Eigentlich nicht.«

»Gehen Sie nicht essen?«

»Nicht jetzt.«

Er war nicht betrunken, doch hatte er seit heute morgen

eine ganze Menge getrunken, bei diesem und jenem, und vielleicht wirkte er deswegen so schwerfällig.

»Vielleicht geht er gerade ins Bett«, meinte er, als er zum Fenster hinaufschaute.

»Soll ich trotzdem hier die Stellung halten?«

»Du bleibst hier, mein Lieber. Wenn du den Hoteleingang nicht aus dem Auge verlierst, der wichtiger ist als das Fenster, kannst du hier sitzen bleiben. Ich glaube, ich gehe mal kurz zu Valentine und sage ihr guten Abend.«

Dennoch blieb er gedankenverloren eine Viertelstunde sitzen, ohne etwas zu sagen, schaute ins Leere. Endlich erhob er sich seufzend und ging, die Pfeife zwischen den Zähnen und die Hände in den Taschen, durch die leeren Straßen. Castaing hörte, wie sich seine Schritte allmählich entfernten.

Es war kurz vor zehn Uhr, als Maigret vor der Gartentür von La Bicoque stand. Über der Straße leuchtete der Mond, der zunahm und einen großen Hof hatte. Er war niemand begegnet. Kein Hund hatte gebellt, keine Katze war mit einem Satz in die Hecke gesprungen. Von irgendeinem Tümpel hörte man lediglich das gleichmäßige Quaken der Frösche.

Er stellte sich auf die Zehenspitzen, um zu sehen, ob die alte Dame noch Licht hatte. Er glaubte, im Erdgeschoß Licht zu sehen, und ging auf die offene Gartentür zu.

Im Garten war es feucht, es roch stark nach Humus. Als er auf dem Weg weiter ging, stieß er an einige Zweige, das Rascheln der Blätter hörte man sicher drinnen im Haus.

Er hatte den gepflasterten Hof nahe am Haus erreicht, sah den erleuchteten Salon und Valentine, die aus dem

Sessel aufstand und einen Augenblick unbeweglich stehenblieb. Sie lauschte angestrengt, bevor sie zur Wand ging und das Licht ausknipste, womit er am wenigsten gerechnet hatte.

Ausgerechnet jetzt mußte er niesen. Die Fensterläden wurden aufgemacht, er hörte es am Quietschen.

»Wer ist da?«

»Ich bin's, Maigret.«

Ein kurzes, etwas nervöses Lachen war zu hören, wie von jemand, der trotz allem Angst gehabt hat.

»Entschuldigen Sie, ich mache das Licht gleich wieder an.«

Und leiser, wie zu sich selbst:

»Zu dumm, ich kann den Schalter nicht finden. Ach! Da ist er ja . . .«

Sie hatte offenbar zwei Schalter angeknipst, denn jetzt war nicht nur der Salon erleuchtet, auch im Garten brannte eine Lampe gerade über dem Kopf des Kommissars.

»Ich mache Ihnen auf.«

Sie hatte die gleichen Sachen an wie immer, und auf einem kleinen Tischchen vor dem Sessel, in dem sie saß, bevor er kam, waren Karten für eine Patience ausgebreitet.

Sie ging eilig hin und her in dem leeren Haus, von einem Zimmer ins andere, drehte da einen Schlüssel herum, schob dort einen Riegel auf.

»Sie sehen, ich bin nicht so tapfer wie ich vorgebe und schließe mich ein. Ich habe Sie nicht erwartet.«

Sie wollte ihm keine Fragen stellen, aber sie war beunruhigt.

»Haben Sie einen Augenblick Zeit? Kommen Sie herein und setzen Sie sich.« Und als er das Kartenspiel anschaute:

»Man muß sich auch allein unterhalten können, nicht wahr? Was kann ich Ihnen anbieten?«

»Wissen Sie, seit ich in Etretat bin, trinke ich nur noch von morgens bis abends. Ihr Stiefsohn Charles kommt heute morgen und bringt mich dazu, mehrere Picon-grenadine zu trinken. Théo kommt und spendiert eine Runde. Treffe ich den Inspektor, setzen wir uns in ein Café um zu reden. Ich komme zu Ihnen und die Calvadosflasche steht automatisch auf dem Tisch. Der Doktor ist ebenfalls ein gastfreundlicher Mensch. Die Trochu boten mir Apfelwein an.«

»Wurden Sie freundlich empfangen?«

»Es ging.«

»Haben sie Ihnen irgend etwas Interessantes sagen können?«

»Vielleicht. Vor der Aufklärung eines Falls ist es schwierig, Interessantes und Uninteressantes auseinander zu halten. Hatten Sie Besuch, seit ich das letzte Mal hier war?«

»Niemand. Aber ich habe einen Besuch gemacht. Ich habe abends das alte Fräulein Seuret besucht. Sie ist meine Nachbarin. Wenn ich noch jünger wäre und über die Hecke springen könnte, wäre ich gleich bei ihr drüben. Sehen Sie, jetzt bin ich allein. Mein Hausdrachen ist schon lange weggegangen. Ich wollte wieder eine Hausangestellte nehmen, die im Haus schläft, aber ich frage mich, ob ich es machen soll, denn ganz allein fühle ich mich auch wohl.«

»Haben Sie keine Angst?«

»Manchmal schon, wie Sie gerade gesehen haben. Als ich Ihre Schritte hörte, habe ich doch einen Schreck bekommen. Ich überlegte mir, was ich machen würde, wenn ich einem Landstreicher in die Hände fiele. Sagen Sie mir, ob Sie meinen Plan gut finden. Zuerst mache ich das Licht aus im Haus, und draußen mache ich es an, so daß man sehen kann, ohne gesehen zu werden.«

»Die Idee scheint mir ausgezeichnet.«

»Nur habe ich gerade vergessen, draußen anzuschalten. Das nächste Mal denke ich hoffentlich dran und finde den Schalter.«

Er schaute auf ihre Füße, stellte fest, daß sie Schuhe und keine Pantoffeln anhatte. Aber trug sie überhaupt, selbst bei sich zu Hause, Pantoffeln, außer in ihrem Schlafzimmer?

»Immer noch nichts Neues, Monsieur Maigret?«

Er saß in dem Sessel, der schon beinahe sein Stammplatz war. Abends war das Zimmer noch intimer als tagsüber, mit seinen gedämpften Lichtkegeln unter den Lampenschirmen und den großen Flächen im Halbdunkel. Die Katze lag auf einem der Sessel und rieb sich mit aufgerichtetem Schwanz am Bein des Kommissars.

»Verstehen Sie die Katzensprache?« scherzte sie.

»Nein. Warum?«

»Weil sie gerade fragt, ob Sie sie streicheln. Waren Sie besorgt meinetwegen?«

»Ich wollte mich vergewissern, ob alles in Ordnung ist hier.«

»Sind Sie noch nicht beruhigt? Sagen Sie es mir! Ich

hoffe, daß Sie nicht einen armen Inspektor dazu verurteilen, eine Nacht auf der Straße zuzubringen und mich zu schützen? In diesem Fall müßten Sie es mir sagen, und ich würde ihm ein Feldbett in der Küche aufstellen.«

Sie war sehr fröhlich und ihre Augen blitzten. Sie hatte die Karaffe geholt und goß beide Gläser bis zum Rand ein.

»Beklagt sich Ihre Frau nicht über Ihren Beruf?«

»Sie hat lange genug Zeit gehabt, sich daran zu gewöhnen.«

In seinen Sessel zurückgelehnt, hatte er sich eine Pfeife gestopft und schaute auf die bronzene Pendeluhr, die von zwei pausbäckigen Amors eingerahmt war.

»Legen Sie oft Patiencen?«

»Es gibt wenig Kartenspiele, die einer allein spielen kann, wissen Sie.«

»Spielte Rose nicht?«

»Ich habe versucht, ihr *Belote* beizubringen, aber ohne Erfolg.«

Sie mußte sich doch fragen, warum er gekommen war. Vielleicht fürchtete sie, er würde wieder in seinem Sessel einschlafen wie heute nachmittag, weil er so müde aussah.

»Ich gehe jetzt lieber ins Hotel und lege mich ins Bett«, stöhnte er.

»Noch ein letztes Glas?«

»Trinken Sie noch eins mit?«

»Ja.«

»Dann nehme ich auch noch eins. Ich kenne den Weg allmählich und verirre mich nicht mehr so leicht. Ich denke, Sie legen sich dann auch schlafen?«

»In einer halben Stunde.«

»Mit Schlafmittel?«

»Nein. Ich habe mir keines mehr gekauft. Ich habe jetzt doch etwas Angst davor.«

»Können Sie trotzdem schlafen?«

»Irgendwann schlafe ich dann doch ein. Die alten Leute brauchen nicht so viel Schlaf.«

»Bis morgen.«

»Bis morgen.«

Wieder knackten im Vorbeigehen die Zweige und die Gartentür quietschte leicht. Er blieb einen Augenblick am Straßenrand stehen, schaute auf das Stückchen Dach und den Kamin, die in dem blassen Mondlicht aus den Büschen herausschauten.

Dann stellte er seinen Mantelkragen hoch, weil es so feucht und kalt war, und ging mit großen Schritten in die Stadt zurück.

Er ging noch bei allen offenen Lokalen vorbei, aber nicht um einen zu trinken, sondern um kurz hineinzuschauen. Er war überrascht, Henri nirgends zu sehen, der noch auf der Suche nach Théo sein mußte. Ob Henri wußte, daß Théo ins Hotel gegangen war? Ob er auch dort war?

Vielleicht war er unverrichteter Dinge wieder nach Hause gefahren? Maigret wußte nicht, wann sein Schiff in Fécamp auslief auf vierzehn Tage Fischfang in der Nordsee.

Er ging kurz in die Bar im Kasino, in der niemand mehr war und Charlie gerade abrechnete.

»Haben Sie keinen Fischer gesehen?«

»Den jungen Trochu? Er ist vor ungefähr einer Stunde hiergewesen. Er hatte schon ganz schön Schlagseite.«

»Hat er etwas gesagt?«

»Zu mir nicht. Er redete vor sich hin. Er hat beinahe seinen Sack hier liegenlassen, und als er ihn über die Schulter warf, hat er fast die Theke leergefegt und zwei Gläser zerschlagen.«

Castaing war wieder draußen; so blieb er sicher leichter wach. Das Licht in Théos Zimmer brannte noch.

»Haben Sie Roses Bruder nicht getroffen, Chef? Er torkelte gerade hier vorbei.«

»Ging er ins Hotel?«

»Ich weiß nicht einmal, ob er gemerkt hat, daß das ein Hotel ist.«

»Hat er dich angesprochen?«

»Ich habe mich an die Hauswand gedrückt.«

»In welche Richtung ging er?«

»Er ging die Straße hinunter, dann nach rechts, wahrscheinlich, um nicht den Bürgersteig wechseln zu müssen. Was machen wir?«

»Nichts.«

»Bleiben wir hier?«

»Warum nicht?«

»Glauben Sie, daß er noch weggeht?«

»Ich weiß es nicht. Möglich.«

Zum zweiten Mal fragte sich Castaing, ob der Ruf des Kommissars nicht übertrieben sei. Jedenfalls bekam es ihm gar nicht, wenn er trank.

»Geh und frage im Hotel, ob jemand nach ihm verlangt hat und auf sein Zimmer gegangen ist ...«

Castaing kam einige Zeit später mit negativem Bescheid wieder.

»Bist du sicher, daß er in den Bars, in denen du mit ihm warst, mit niemand geredet hat?«

»Nur um etwas zum Trinken zu bestellen. Er merkte nicht, daß ich ihm folgte. Er sah mich ab und zu zögernd an. Ich glaube, er überlegte, ob es nicht einfacher wäre, zusammen zu trinken.«

»Hat man ihm keine Briefe übergeben?«

»Ich habe nichts dergleichen gesehen. Glauben Sie nicht, es wäre besser, irgendwo ein Sandwich zu essen?«

Maigret schien nicht zu hören. Er nahm aus seiner Tasche eine kalte Pfeife und stopfte sie langsam. Der Hof um den zunehmenden Mond vergrößerte sich, und vom offenen Meer kam es wie Rauch, der allmählich durch die Straßen zog. Das war noch nicht der richtige Nebel, denn das Nebelhorn war noch nicht zu hören.

»In acht Tagen«, meinte Castaing, »sind nur noch die Einheimischen hier. Das Hotelpersonal geht in den Süden, wo die Saison mit neuen Gästen beginnt.«

»Wie spät ist es?«

»Zwanzig vor elf.«

Irgend etwas schien Maigret zu beunruhigen, denn er sagte nach einer Weile:

»Ich komme gleich wieder. Ich gehe schnell ins Hotel, um zu telefonieren.«

Er ging in die Kabine, rief bei Charles Besson zu Hause in Fécamp an.

»Hier Maigret. Entschuldigen Sie, wenn ich Sie störe. Ich hoffe, Sie haben noch nicht geschlafen?«

»Nein. Gibt's was Neues? Meine Frau hat sich eine Bronchitis geholt, will morgen aber trotzdem bei der Beerdigung dabeisein.«

»Sagen Sie, Monsieur Besson. Hat Ihre Frau jemals einen Ring mit einem großen Smaragd besessen?«

»Mit einem was?«

Er wiederholte das Wort.

»Nein.«

»Haben Sie nie einen ähnlichen Ring in Ihrer Umgebung gesehen? Bei Arlette zum Beispiel?«

»Ich glaube nicht.«

»Ich bedanke mich.«

»Hallo! Monsieur Maigret?«

»Ja.«

»Was ist das für eine Geschichte mit dem Ring? Haben Sie einen gefunden?«

»Ich weiß noch nicht. Ich erzähle Ihnen das in den nächsten Tagen.«

»Geht alles gut bei Ihnen dort?«

»Im Augenblick ist alles ruhig.«

Maigret hängte auf, zögerte, ließ sich schließlich Arlettes Nummer in Paris durchgeben. Er bekam sofort eine Verbindung, schneller als beim ersten Gespräch. Eine Männerstimme war am Apparat, seine erste Bekanntschaft mit Julien.

»Julien Sudre am Apparat«, sagte eine Stimme ruhig und ziemlich ernst. »Wer spricht da?«

»Kommissar Maigret. Ich wollte kurz mit Madame Sudre sprechen.«

Er hörte, wie Sudre ohne unruhig zu werden sagte:

»Es ist für dich. Der Kommissar.«

»Hallo! Gibt es was Neues?«

»Ich glaube nicht. Noch nicht. Ich wollte Sie nur etwas fragen. Hat man Ihnen jemals Schmuck gestohlen?«

»Warum fragen Sie mich das?«

»Antworten Sie bitte.«

»Nein. Ich glaube nicht.«

»Besitzen Sie viel Schmuck?«

»Einiges. Mein Mann hat ihn mir geschenkt.«

»Haben Sie jemals einen Ring mit einem ziemlich großen Smaragd besessen?«

Es herrschte kurze Stille.

»Nein.«

»Sie erinnern sich an keinen Ring in dieser Art?«

»Nicht daß ich wüßte.«

»Ich danke Ihnen.«

»Haben Sie sonst nichts zu sagen?«

»Heute abend nicht.«

Sie wollte das Gespräch nicht beenden. Sie wollte noch mehr von ihm erfahren. Vielleicht hätte auch sie gern etwas gesagt, konnte das aber in Gegenwart ihres Mannes nicht.

»Nichts Unangenehmes?« fragte sie nur.

»Nichts. Gute Nacht. Ich nehme an, Sie gehen jetzt beide ins Bett?«

Sie hielt es für Ironie und antwortete ziemlich kurz:

»Ja. Gute Nacht.«

In der Hotelhalle saß nur noch der Nachtportier. Ganz hinten stand der Sessel, in dem Arlette am ersten Abend auf ihn gewartet hatte. In diesem Augenblick kannte er sie noch nicht, wie er überhaupt noch niemand kannte.

Er bedauerte, daß er seinen Regenmantel nicht mitgenommen hatte, war nahe daran, Madame Maigret anzurufen, um ihr guten Abend zu sagen, zuckte die Schultern und ging wieder zu Castaing, der etwas trübsinnig immer noch Wache schob. Auch in diesem Hotel war die Eingangshalle leer, bis auf zwei oder drei Fenster war alles dunkel, in einem ging gerade das Licht aus, aber nicht bei Théo.

»Ich möchte bloß wissen, was er macht«, murmelte Castaing. »Sicher liest er im Bett? Oder er ist eingeschlafen und hat vergessen, das Licht auszuknipsen.«

»Wie spät?«

»Mitternacht.«

»Bist du sicher, daß niemand ...«

Und da schlug sich der Inspektor an die Stirn, fluchte und schimpfte: »Bin ich ein Dummkopf! Ich habe vergessen, Ihnen zu sagen ...«

»Was?«

»Niemand hat mit ihm geredet, stimmt. Man hat ihm auch keine Briefe übergeben. Aber als wir in der Bar de la Poste saßen, der zweiten, die er heimsuchte, sagte ihm der Wirt irgendwann einmal:

›Sie werden am Telefon verlangt.‹«

»Wieviel Uhr war es?«

»Kurz nach acht.«

»Hat er nicht gesagt, wer ihn verlangt?«

»Nein. Er ging in die Kabine. Ich habe ihn durch die Scheibe beobachtet. Er sagte nichts. Er hörte zu, sagte manchmal: ›Ja ... ja.‹«

»Ist das alles?«

»Ich verstehe nicht, wie ich das vergessen konnte. Ich hoffe, es ist nicht schlimm, Chef.«

»Das wird sich herausstellen. Wie sah er aus, als er aus der Kabine kam?«

»Ich kann das nicht mehr so genau sagen. Vielleicht ein bißchen überrascht? Vielleicht auch neugierig? Aber jedenfalls nicht verärgert.«

»Komm. Warte auf mich in der Halle.«

Er fragte den Portier:

»Die Zimmernummer von Monsieur Besson?«

»Nummer 29, im zweiten Stock. Ich glaube aber, er schläft schon. Er wünschte nicht gestört zu werden.«

Maigret ging an ihm vorbei, ohne große Erklärungen abzugeben, rannte die Treppe hinauf, hielt oben an, um erst einmal Luft zu holen, und stand dann vor der weißen Tür mit der Nummer 29 aus Kupfer. Er klopfte, aber niemand öffnete. Er klopfte stärker und länger und beugte sich dann über das Geländer.

»Castaing?«

»Ja, Chef.«

»Frage nach einem Dietrich. Sie müssen irgendein Ding haben, mit dem sie alle Türen öffnen können.«

Das dauerte eine Weile. Maigret klopfte seine Pfeife auf dem Teppich aus, ausgerechnet neben einem großen Fayencetopf, gefüllt mit Sand und Zigarettenstummeln. Der Portier kam als erster und war ärgerlich.

»Wie Sie wünschen. Sie können das morgen mit dem Chef abmachen. Polizei oder nicht Polizei, das ist einfach kein Benehmen.«

In einem Kasten suchte er nach einem Schlüssel mit einer Kette daran, aber bevor er öffnete, klopfte er noch einmal vorsichtshalber und hielt das Ohr an die Tür.

Das Zimmer war leer, das Bett war unberührt. Maigret öffnete einen Wandschrank, fand einen marineblauen Anzug, schwarze Schuhe und einen Gabardinemantel. Rasierapparat und Zahnbürste lagen im Badezimmer.

»Der Herr wird schließlich ausgehen dürfen!«

»Wissen Sie, ob sein Auto in der Garage steht?«

»Das läßt sich leicht feststellen.«

Sie stiegen wieder hinunter. Sie gingen nicht zum Haupteingang, sondern durch einen Gang, über einige Stufen, und Maigret stellte fest, daß eine kleine Tür, die offenstand, direkt in die Garage führte. Diese stand weit offen und ging auf einen leeren Platz.

»Der hier ist es.«

Der arme Castaing machte ein Gesicht wie ein Schuljunge, der Angst vor den Folgen eines dummen Streichs hat.

»Wohin gehen wir?«

»Wo ist dein Auto?«

»Vor Ihrem Hotel.«

Das war gleich in der Nähe. Als sie einsteigen wollten, stürzte der Nachtportier auf die Treppe.

»Monsieur Maigret? Monsieur Maigret! Sie wurden gerade am Telefon verlangt.«

»Von wem?«

»Das weiß ich nicht.«

»Einer Frau?«

»Es war eine Männerstimme. Sie werden gebeten, gleich zu der alten Dame zu kommen. Sie wüßten schon warum.«

Die Fahrt dauerte nur ein paar Minuten. Vor der Gartentür stand schon ein Auto.

»Der Wagen des Doktors«, bemerkte Castaing.

Aber auch als sie auf das Haus zugingen, hörte man noch keinen Laut. Alle Zimmer, auch die im ersten Stock, waren erleuchtet. Théo Besson öffnete sehr ruhig die Tür, und der Kommissar schaute ihn verblüfft an.

»Ist jemand verletzt?«

Seine Nase schnupperte. Im Salon roch es nach kaltem Pulverqualm. Auf dem kleinen Tischchen, auf dem noch die Karten ausgebreitet waren, lag ein großer Armeerevolver. Er ging in das Gästezimmer hinüber, stieß beinahe Valentine um, die blutige Wäsche in den Händen hielt und ihn wie eine Nachtwandlerin ansah.

Auf dem Bett, in dem Arlette geschlafen hatte, lag ausgestreckt ein Mann mit nacktem Oberkörper. Er hatte noch Hose und Schuhe an. Doktor Jolly stand über ihn gebeugt, sein Rücken verdeckte das Gesicht, aber der grobe blaue Stoff der Hose sagte Maigret schon genug.

»Tot?« fragte er.

Der Doktor zuckte zusammen, drehte sich um und richtete sich wie erleichtert auf.

»Ich habe getan, was ich konnte«, stöhnte er.

Auf dem Nachttisch lag eine Spritze. Auf dem Boden stand der offene Arztkoffer, in dem die Sachen unordentlich herumlagen. Überall war Blut zu sehen. Maigret stellte später noch eine blutige Schleifspur im Salon und eine draußen im Garten fest.

»Als Valentine mich anrief, bin ich sofort gekommen, aber es war schon zu spät. Die Kugel traf die Aorta. Sogar eine Transfusion, wenn man sie noch hätte machen können, hätte nichts mehr geholfen.«

»Haben Sie in meinem Hotel angerufen?«

»Ja, sie bat mich, Sie zu benachrichtigen.« Sie stand ganz nah neben den beiden im Türrahmen, mit Blut an den Händen und auf dem Kleid. »Es ist entsetzlich«, sagte sie. »Wenn ich geahnt hätte, was noch geschehen würde, als Sie mich heute abend besuchten! Und alles nur, weil ich wieder vergessen habe, den zweiten Schalter für die Lampe im Garten anzuknipsen.«

Er vermied es, sie anzusehen, stieß einen Seufzer aus, als er das Gesicht von Henri Trochu sah, der nun auch tot war. Vielleicht dachte er schon daran, wie er es der Familie beibringen sollte und wie sie es aufnehmen würde?

»Ich erkläre Ihnen alles.«

»Ich kann es mir denken.«

»Sie können es gar nicht wissen. Ich war hinaufgegangen und lag schon im Bett.«

Er sah sie übrigens zum ersten Mal im Morgenrock. Sie hatte ihre Haare auf Lockenwickler gedreht und in aller Eile ein Kleid über ihr Nachthemd gezogen, das unten herausschaute.

»Ich glaube, ich mußte endlich eingeschlafen sein, als die Katze ganz plötzlich von meinem Bett heruntersprang. Davon bin ich wachgeworden. Ich horchte. Ich hörte draußen Geräusche, wie die, als Sie heute abend kamen.«

»Wo war der Revolver?«

»In meinem Nachttisch. Es ist der Revolver meines Mannes. Er hat mir angewöhnt, nachts immer einen in

Reichweite zu haben. Ich glaube, ich habe es Ihnen schon erzählt.«

»Nein, aber es ist nicht wichtig.«

»Zuerst schaute ich aus dem Fenster, aber es war zu dunkel. Ich habe mir ein Kleid übergezogen und bin hinuntergegangen.«

»Ohne Licht zu machen?«

»Ja. Ich sah nichts, aber ich hörte, wie jemand versuchte, die Tür aufzumachen. Ich fragte: ›Wer ist da?‹ Keiner antwortete.«

»Haben Sie sofort geschossen?«

»Ich weiß nicht mehr. Ich habe wohl ein paar Mal gefragt, weil immer noch am Schloß herumhantiert wurde. Ich habe durch die Scheiben geschossen. Ich hörte, wie jemand hinfiel, und blieb noch eine Weile im Haus, weil ich mich nicht hinaustraute.«

»Sie wußten nicht, wer es war?«

»Ich hatte keine Ahnung. Erst dann fiel mir ein, draußen Licht zu machen. Durch die zerbrochene Scheibe sah ich jemand neben einem dicken Bündel liegen. Im ersten Augenblick meinte ich, es sei ein Landstreicher. Schließlich ging ich durch die Küchentür hinaus, und als ich näher kam, erkannte ich Henri.«

»War er noch am Leben?«

»Ich weiß es nicht. Ich rannte zu Mademoiselle Seuret, immer noch mit dem Revolver in der Hand. Ich rief laut zu ihr hinauf, sie solle aufstehen, weil ich telefonieren müßte, und schließlich machte sie mir auf. Ich rief Doktor Jolly an und bat ihn, Sie zu benachrichtigen oder Sie auf dem Weg hierher mitzunehmen.«

»Und Théo?«

»Er stand vor der Tür, als ich zurückkam.«

»Kamen Sie allein zurück?«

»Nein. Ich wartete auf der Straße auf den Doktor.«

Der Doktor hatte gerade das Gesicht des Toten mit einem Leintuch zugedeckt und ging mit blutverschmierten Händen ins Badezimmer. Maigret und Valentine standen allein neben dem Toten, in diesem zu kleinen Zimmer, in dem man sich kaum bewegen konnte, und der Kommissar hatte immer noch seine Pfeife zwischen den Zähnen.

»Was hat Théo zu Ihnen gesagt?«

»Ich weiß es nicht mehr. Er hat nichts gesagt.«

»Waren Sie nicht überrascht, ihn hier zu sehen?«

»Vielleicht schon. Ich weiß nicht. Vergessen Sie nicht, daß ich gerade einen Menschen getötet habe. Warum glauben Sie wollte sich Henri bei mir einschleichen?«

Er gab keine Antwort, ging in den Salon, wo Castaing und Théo sich schweigend gegenüberstanden. Der Inspektor war im Vergleich zu Théo beunruhigt und warf einen verzweifelten Blick zum Kommissar.

»Es ist meine Schuld, nicht wahr?«

»Das ist nicht sicher.«

Théo Besson setzte die blasierte Miene eines Mannes von Welt auf, der in eine peinliche Situation hineingeraten ist.

»Sie waren rein zufällig hier in der Gegend, nehme ich an?«

Er antwortete nicht und schien es Maigret nicht übelzunehmen, daß dieser ihn so geradeheraus fragte.

»Komm mal her.«

Er zog Castaing nach draußen, wo auf dem Pflaster Blutspuren zu sehen waren. Der Segelsack lag noch, wo er hingefallen war.

»Du fährst auf dem schnellsten Weg in sein Hotel. Ich muß wissen, ob Théo im Lauf des Abends einen Anruf bekommen hat. Wenn man dir keine Auskunft geben kann, klappere alle Bars ab, in denen Henri gewesen ist.«

»Sie sind aber alle schon geschlossen!«

»Dann klingle!«

»Was soll ich fragen?«

»Ob er telefoniert hat.«

Castaing verstand nichts, aber er wollte sich bemühen, seinen Schnitzer soweit wie möglich wieder gutzumachen, so warf er sich in seinen Simca und war alsbald nicht mehr zu sehen.

Doktor Jolly und Valentine kamen aus dem Badezimmer herunter. Die Hände des Arztes waren wieder weiß und dufteten nach Seife.

»Ich habe sie vergebens gebeten, sich eine Spritze geben zu lassen und sich schlafen zu legen. Im Augenblick nimmt sie sich eisern zusammen. Sie meint, sie schafft es so. Sobald ich weg bin, fällt sie innerhalb einer Viertelstunde um. Ich verstehe übrigens nicht, wie sie das tun konnte.«

»Ich habe diesen armen Jungen getötet«, murmelte Valentine und blickte dabei abwechselnd Maigret und Théo an, der regungslos und schweigend in einer Ecke stand.

»Warum bestehen Sie nicht darauf? Sie würde ein paar Stunden schlafen wie ein Stein und wäre morgen wieder in Form.«

»Ich halte es nicht für notwendig.«

Jolly runzelte die Stirn, aber er gab nach, suchte nach seinem Hut. »Ich werde wohl mit Le Havre telefonieren, wie am letzten Sonntag, damit sie die Leiche abholen. Man wird sicher eine Autopsie machen?«

»Bestimmt.«

»Soll ich etwas von Ihnen ausrichten?«

»Nein, danke.«

Er verbeugte sich vor der alten Dame, und es sah aus, als gebe er ihr einen Handkuß.

»Sie tun sich selber keinen Gefallen damit! Ich habe für alle Fälle ein paar Tabletten in Ihrem Zimmer gelassen. Sie können alle zwei Stunden eine nehmen.«

Er nickte zu Théo hinüber, ging wieder zu Maigret und wußte nicht, was er sagen sollte.

»Ich stehe natürlich zu Ihrer Verfügung, wenn Sie mich brauchen sollten.«

Als er hinausgegangen war, herrschte Schweigen. Als das Auto abgefahren war, öffnete Valentine, wie um ihre Fassung zu beweisen, den Schrank und holte die Calvadoskaraffe heraus. Sie wollte sie gerade auf den Tisch stellen, als Maigret sie ihr wütend und unerwartet aus der Hand riß und sie heftig auf den Boden warf.

»Setzen Sie sich, Sie beide!« sagte er zornig.

Sie taten, beinahe mechanisch, was er sagte, während er stehen blieb und mit auf dem Rücken verschränkten Händen anfing, auf und ab zu laufen, wie er es auch in seinem Büro am Quai des Orfèvres immer tat.

Kurz darauf hörte man Castaings Auto, der wiederkam, und der Ruf des Nebelhorns tönte unheilvoll durch die Dunkelheit.

9

Théos Verbrechen

Castaing stellte den Motor ab, stieg aus dem Auto und blieb einen Augenblick auf der Straße stehen, bevor er die Gartentür aufstieß, und Maigret schwieg noch immer.

Théo saß in dem Sessel, in dem vor ein paar Stunden noch der Kommissar gesessen hatte, und war trotz allem bemüht, wie der Herzog von Windsor auszusehen, während Valentine abwechselnd von einem zum andern sah, und zwar mit dem angespannt aufmerksamen Blick eines jungen Tieres.

Castaing kam durch den Garten, trat ins Haus und war so überrascht von dem Schweigen und der kaputten Flasche, daß er nicht wußte, wie er sich verhalten und wo er sich hinsetzen sollte. Da er nicht zum Quai des Orfèvres gehörte, hatte er Maigret in einer solchen Situation noch nicht erlebt.

»Nun, mein Lieber?«

»Ich habe mit dem Hoteldirektor, der schon geschlafen hat, aber ans Telefon kam, geredet. Er hatte das Gespräch vom Büro an Théo weiterverbunden, aber nicht auf sein Zimmer, wo es kein Telefon gibt, sondern zu einem Apparat, der hinten auf dem Gang in jedem Stockwerk steht. Es war ungefähr halb elf. Der andere an dem Apparat war betrunken.«

»Hast du Papier und Bleistift?«

»Ich habe mein Notizbuch.«

»Setz dich an den Tisch. Mach es dir bequem, denn du wirst es dort eine Weile aushalten müssen. Du schreibst ihre Antworten auf.«

Wieder ging er auf und ab, immer verfolgt von dem Blick der alten Dame, während Théo seine Schuhspitzen fixierte.

Schließlich baute er sich vor diesem auf und fragte weniger wütend als verächtlich:

»Wußten Sie, daß Henri heute abend nach Etretat kommen würde?«

»Nein.«

»Wären Sie auch nach La Bicoque gekommen, wenn er nicht angerufen hätte?«

»Ich weiß es nicht. Möglich.«

»Wo waren Sie, als er erschossen wurde? Auf der Straße? Im Garten?«

»Im Garten, in der Nähe des Zauns.«

Valentine fuhr zusammen, als sie hörte, daß ihr Stiefsohn ganz in ihrer Nähe stand, als sie zu Mademoiselle Seuret lief, um den Doktor anzurufen.

»Sie fanden sich sicher gut?«

»Das ist meine Sache.«

»Wußten Sie, daß Madame einen Revolver besaß?«

»Ich wußte, daß sie den Revolver meines Vaters behalten hatte. Bitte, Herr Kommissar, können Sie mir sagen, ob . . .«

»Überhaupt nichts! Ich stelle hier die Fragen!«

»Und wenn ich mich weigere zu antworten?«

»Das würde überhaupt nichts ändern, außer daß ich

mich vielleicht dazu hinreißen ließe, Ihnen ins Gesicht zu schlagen, wozu ich schon eine Viertelstunde Lust habe.«

Dem Ernst der Situation zum Trotz und ungeachtet des Toten, der noch im Zimmer nebenan lag, konnte Valentine ein befriedigtes, beinahe fröhliches Lächeln nicht unterdrücken.

»Seit wann wissen Sie davon?«

»Wovon sprechen Sie?«

»Hören Sie, Besson! Ich möchte Ihnen nicht raten, hier den Dummen zu spielen. Seit wann wissen Sie, daß der Schmuck Ihrer Stiefmutter nie verkauft wurde und sie den echten Schmuck und nicht die Imitationen behalten hat, wie immer behauptet wurde?«

Sie zuckte zusammen und schaute Maigret verblüfft und mit unwillkürlicher Bewunderung an; sie rutschte unruhig in ihrem Sessel hin und her, als ob sie etwas sagen wollte, aber er beachtete sie überhaupt nicht.

»Ich glaubte es nie so recht.«

»Warum?«

»Weil ich sie kannte und weil ich meinen Vater kannte.«

»Wollen Sie damit sagen, daß sie Angst vor der Armut hatte und eine Frau ist, die durchaus ihre Vorsichtsmaßnahmen trifft?«

»Ja. Mein Vater tat alles, was sie wollte.«

»Wurde bei der Heirat zwischen beiden Gütertrennung vereinbart?«

»Ja.«

»Wie hoch schätzen Sie den Wert des Schmucks?«

»Wahrscheinlich auf mehrere Millionen nach dem jetzigen Kurs. Es muß sich einiges darunter befinden, wovon wir nichts wissen, denn mein Vater schämte sich uns gegenüber, wenn er soviel Geld für sie ausgab.«

»Als er starb und Ihnen gesagt wurde, daß der Schmuck schon lange verkauft sei, haben Sie dann nicht mit Ihrem Bruder oder Arlette darüber gesprochen?«

»Nein.«

»Warum nicht?«

»Weil ich nicht sicher war.«

»Ist es nicht eher so gewesen, daß Sie damit rechneten, sich mit Valentine einigen zu können?«

Dieser entging kein Wort, keine Bewegung und kein Blick Maigrets und Théos. Sie registrierte alles und viel gründlicher als Castaing, dessen Stenographiekenntnisse ziemlich mangelhaft waren.

»Ich antworte nicht auf diese Frage.«

»Weil Sie sie unter Ihrer Würde finden, nicht wahr? Haben Sie darüber mit Valentine selbst gesprochen?«

»Auch nicht.«

»Weil Sie wußten, daß sie hartnäckiger als Sie ist, und darauf warteten, den Beweis in der Hand zu haben. Wie sind Sie an diesen Beweis gekommen? Und wann?«

»Ich habe mich bei Freunden aus der Diamantenbranche nach einigen Schmuckstücken erkundigt, die auf dem Markt nicht angeboten werden konnten, ohne aufzufallen, und so habe ich erfahren, daß sie nicht mehr in den Handel kamen, jedenfalls nicht in Frankreich und wahrscheinlich auch nicht in ganz Europa.«

»Sie haben fünf Jahre geduldig gewartet.«

»Ich verfügte noch über etwas Geld. Ich habe einige Geschäfte gemacht.«

»Als Sie dieses Jahr am Ende Ihres Lateins waren, kamen Sie nach Etretat auf Urlaub. Die Bekanntschaft mit Rose war wohl nicht ganz unabsichtlich, genauso wenig wie die Art, ihrer Eigenheit zu hofieren.«

Schweigen. Valentine reckte den Kopf wie ein Vogel und zum ersten Mal sah Maigret ihren bloßen Hals, der sonst immer mit einem breiten schwarzen, mit einer Perle verzierten Samtband verdeckt war.

»Jetzt überlegen Sie gut, bevor Sie antworten. Wußte Rose schon davon, als Sie sie kennenlernten? Oder fing sie erst auf Ihr Betreiben an, in der Wohnung herumzuschnüffeln?«

»Sie schnüffelte schon herum, bevor ich sie kannte.«

»Warum?«

»Weil sie neugierig war und meine Stiefmutter haßte.«

»Gab es ein Motiv für ihren Haß?«

»Sie fand sie hart und hochmütig. Die beiden lebten in diesem Haus sozusagen auf Kriegsfuß, und sie hielten damit auch nicht hinter dem Berg.«

»Hatte Rose dabei an den Schmuck gedacht?«

»Nein. Sie bohrte ein Loch in die Wand zwischen den beiden Zimmern.«

Valentine reagierte entrüstet, am liebsten wäre sie wohl sofort hinaufgegangen, um sich von dieser ungeheuerlichen Tatsache selbst zu überzeugen.

»Wann war das?«

»Vor etwa zwei Wochen, als Valentine nachmittags zum Tee bei Mademoiselle Seuret war.«

»Was konnte sie durch das Loch sehen?«

»Erst einmal nichts. Sie mußte mehrere Tage warten. Eines Abends stand sie ganz leise auf, nachdem sie sich zum Schein schlafen gelegt und geschnarcht hatte, und sah, wie Valentine die Truhe gegenüber vom Bett öffnete.«

»Hatte Rose vorher niemals hineingesehen?«

»Alle Schubladen, alle Schränke im Haus sind verschlossen, und Valentine trug die Schlüssel bei sich. Rose mußte sie fragen, wenn sie auch nur eine Sardinenbüchse herausnehmen wollte.«

»Wie kam sie unter diesen Umständen an einen der Ringe?«

»Als Valentine gerade badete. Sie hat mit mir vorher nicht darüber gesprochen. Wahrscheinlich hat sie diesen Plan sozusagen auf die Minute vorausberechnen müssen.«

»Haben Sie den Ring gesehen?«

»Ja.«

»Was wollte sie damit machen?«

»Nichts. Sie konnte ihn ja nicht tragen, ohne sich dabei nicht zu verraten. Aus ihrer Sicht war es eine Art Rache.«

»Haben Sie nicht daran gedacht, Ihre Stiefmutter könnte es bemerken?«

»Vielleicht.«

»Geben Sie zu, daß Sie tatenlos zusahen, um ihre Reaktion abzuwarten.«

»Möglich.«

»Hätten Sie sich damit zufrieden gegeben, mit ihr zu teilen, aber ohne Charles und Arlette davon zu erzählen?«

»Ich beantworte die Frage nicht.«

»Sie sind offenbar der Überzeugung, daß man gegen Sie nichts in der Hand hat.«

»Ich habe niemand umgebracht.«

Sie reagierte wieder unruhig und wollte die Hand heben wie ein Schüler im Unterricht.

»Das ist alles, was ich Sie fragen wollte.«

»Soll ich gehen?«

»Sie können bleiben.«

»Bin ich frei?«

»Vorläufig nicht.«

Maigret fing wieder an, auf und ab zu gehen, mit einem leicht roten Gesicht, denn jetzt mußte er sich mit der alten Dame befassen.

»Haben Sie gehört, was er gesagt hat?«

»Alles, was er sagte, ist falsch.«

Er zog den Ring aus seiner Westentasche und zeigte ihn ihr.

»Streiten Sie ab, daß Sie den echten Schmuck in Ihrem Zimmer aufbewahren? Ist es Ihnen lieber, ich nehme Ihre Schlüssel und hole ihn?«

»Es war mein Recht. Mein Mann war damit einverstanden. Seine Söhne hielt er für erwachsen genug, um für sich allein zu sorgen, und er wollte eine alte Frau wie mich nicht ohne Rücklagen wissen. Wenn die Kinder davon erfahren hätten, hätten sie ihn verkauft und wir hätten ein Jahr später trotzdem in der gleichen üblen Situation gesteckt.«

Er vermied es, sie anzusehen.

»Warum haßten Sie Rose?«

»Ich haßte sie nicht. Ich traute ihr nicht, und die Ereignisse geben mir recht. Sie konnte mich nicht mehr ausstehen, während ich alles für sie tat.«

»Wann entdeckten Sie, daß der Ring fehlte?«

Sie wollte gerade antworten, dann aber wurden ihre Augen hart.

»Ich antworte nicht mehr auf Ihre Fragen.«

»Wie Sie wollen.«

Er wandte sich zu Castaing:

»Schreib trotzdem weiter.«

Und während er so mit schweren Schritten das Zimmer abging, daß die Nippsachen zu wackeln anfingen, redete er vor sich hin:

»Wahrscheinlich haben Sie diese Entdeckung vor dem Mittwoch der letzten Woche gemacht. Rose war die einzige Person, die Sie gesehen haben und die in den Besitz des Rings gelangen konnte. Wahrscheinlich haben Sie ihre Sachen durchgewühlt und fanden nichts. Als sie am Mittwoch ausging, sind Sie ihr nachgegangen und sahen, wie sie sich mit Théo in Etretat traf?«

Nun bekam sie es wirklich mit der Angst zu tun.

»Sie wußten nicht, ob sie mit ihm darüber gesprochen hatte. Sie vermuteten aber, daß er wegen des Schmucks hier sei.«

Obwohl sie sich entschlossen hatte, nichts mehr zu sagen, konnte sie eine Zwischenbemerkung nicht unterdrükken.

»Von dem Tag an, wo er Bescheid gewußt hätte, wäre ich meines Lebens nicht mehr sicher gewesen.«

»Das mag sein. Ich möchte Sie darauf aufmerksam machen, daß ich Sie nichts gefragt habe. Unterbrechen Sie mich, wenn Ihnen danach ist, aber ich brauche Ihre Bestätigung nicht.

Sie beschlossen also, die Rose aus dem Weg zu räumen, bevor sie Gelegenheit hätte, Sie zu verraten – zumindest hofften Sie das –, und Sie paßten den günstigsten Augenblick ab, der sich Ihnen bot. Der berühmte 3. September! Der einzige Tag im Jahr, an dem die ganze Familie hier zusammenkam, diese Familie, die Sie haßten, einschließlich Ihrer Tochter.«

Wieder wollte sie etwas sagen, aber er ließ sie gar nicht zu Wort kommen.

»Sie kannten die Schwäche Ihres Dienstmädchens für Medikamente, für Medikamente aller Art. Wahrscheinlich haben Sie gesehen, wie sie aus Ihrer Apotheke welche wegnahm. Wahrscheinlich trank sie jeden Abend den Rest des Schlafmittels aus Ihrem Glas. Sehen Sie, dieses Verbrechen ist das Verbrechen einer Frau und insbesondere das Verbrechen einer einsamen alten Frau. Eines dieser von langer Hand geplanten Verbrechen, an das man stundenlang denkt und immer weiter ausspinnt.

Wie sollte ich Sie verdächtigen, wenn das Gift offenbar für Sie bestimmt war? Der Verdacht mußte auf Ihre Tochter und alle anderen fallen.

Für Sie reichte die Erklärung, das Getränk habe bitter geschmeckt und Sie hätten es auch Ihrem Mädchen gesagt. Nun bin ich aber sicher, daß Sie absichtlich nichts sagten.«

»Sie hätte es trotzdem getrunken!«

Sie gab nicht auf, wie man hätte meinen können. Sie saß da, hörte konzentriert jedes Wort und legte sich ihre Antworten zurecht.

»Sie gingen davon aus, daß die örtliche Polizei die Untersuchung einleiten, aber nichts herausfinden werde. Sie bekamen erst Angst, als Sie erfuhren, daß ich von Paris geschickt wurde und sich Charles Besson dafür eingesetzt hatte.«

»Sie sind zu bescheiden, Monsieur Maigret.«

»Ich weiß nicht, ob ich bescheiden bin, aber Sie haben den Fehler gemacht, zum Quai des Orfèvres zu kommen. Das Verdienst, sich an mich gewandt zu haben, wollten Sie sich zuschreiben.«

»Und woher sollte ich gewußt haben, daß Charles an Sie gedacht hat, wenn Sie mir das erklären können?«

»Ich weiß es nicht. Das ist ein Detail, das sich später klären wird.«

»Es gibt wohl einige Details aufzuklären, denn Sie haben keinerlei Beweise für das, was Sie da so überzeugend vortragen.«

Maigret ging auf die Herausforderung nicht ein.

»Das gilt auch für den Schmuck. Hier vor Ihnen liegen meine Schlüssel auf dem Tisch. Gehen Sie doch hinauf und suchen Sie nach ihm.«

Er hielt inne und schaute sie, von diesem neuen Problem beunruhigt, an, wobei er Selbstgespräche zu führen schien:

»Vielleicht benutzten Sie die Reise nach Paris, um ihn irgendwo zu deponieren? Nein, Sie würden ihn nicht so weit weg verstecken. Sie haben ihn in keiner Bank deponiert, wo man ihn finden könnte.«

Sie lächelte verschmitzt.

»Fangen Sie an zu suchen!«

»Ich finde ihn.«

»Wenn Sie ihn nicht finden, läßt sich keine Ihrer Behauptungen aufrechterhalten.«

»Wir kommen gegebenenfalls darauf zurück.«

Es tat ihm jetzt äußerst leid, daß er die Karaffe in seinem Wutanfall zerschlagen hatte, denn er hätte jetzt gern einen Schluck getrunken.

»Ich habe heute abend, als ich bei Ihnen vorbeischaute, absichtlich von den Beziehungen zwischen Rose und Théo gesprochen und ihr Treffen vom Mittwoch erwähnt. Ich wußte, daß Sie darauf reagieren würden. In Ihrer Angst, ich könnte Théo ausfragen und er würde reden, versuchten Sie, sich mit ihm zu treffen, ohne daß Sie jemand sah. Vielleicht wollten Sie ihn auch endgültig zum Schweigen bringen. Ich habe mir überlegt, wie Sie es angestellt haben, sich mit ihm zu treffen, ohne gesehen zu werden. Ich dachte nicht an das Telefon. Genauer gesagt, ich dachte nicht an die alte Mademoiselle Seuret, die gleich nebenan wohnt und die Sie manchmal besuchen.«

Er wandte sich zu Théo.

»Kennen Sie sie?«

»Ich habe sie seit mehreren Jahren nicht mehr gesehen.«

»Ist sie krank?«

»Sie war früher schon halb taub und blind.«

»Unter diesen Umständen haben wir die größten Chancen, den Schmuck bei ihr zu finden.«

»Sie sind dabei, von A bis Z eine Geschichte zu erfinden«, sagte sie aufgebracht. »Sie reden und reden und sagen sich, einmal werden Sie schon ins Schwarze treffen. Sie halten sich wohl für besonders schlau?«

»Sie haben Théo von ihrer Wohnung aus angerufen,

und wahrscheinlich mußten Sie mehrere Nummern wählen, bis Sie ihn schließlich in einer Bar ausfindig machen konnten. Sie haben ihm gesagt, Sie wollten mit ihm reden, und er verstand sofort. Sie wollten aber gar nicht mit ihm reden!

Sehen Sie, Ihre beiden Morde sind nicht nur das Verbrechen Alleinstehender, sondern auch das Verbrechen alter Damen.

Sie sind intelligent, Valentine!«

Trotz allem fühlte sie sich sichtlich geschmeichelt von diesem Kompliment.

»Théo mußte zum Schweigen gebracht werden, doch ich durfte keinen Verdacht schöpfen. Es hätte zwar eine praktikable Lösung gegeben, aber die lehnten Sie ab: ihm die Teilung anzubieten.

Sie denken zu sehr an Besitz. Die Vorstellung, Sie müssen sich von einem Teil Ihres Schmucks trennen, der Ihnen noch nicht einmal das Leben erleichtert und zu nichts nutz ist, erschien Ihnen so ungeheuerlich, daß Sie lieber einen zweiten Mord begangen haben.

Sie haben Théo gebeten, Sie um Mitternacht zu besuchen und niemand etwas davon zu erzählen.

Hat sie das von Ihnen verlangt, Monsieur Besson?«

»Sie werden verstehen, daß es für mich schwierig ist, eine solche Frage zu beantworten. Ein Gentleman . . .«

»Du Schuft! Zieht ein Gentleman vielleicht ein Dienstmädchen in seine Familienangelegenheiten mit hinein und verleitet sie, etwas zu stehlen, weil ihm das gelegen kommt? Schickt ein Gentleman jemand vor, der sich an seiner Stelle töten läßt?«

»Monsieur Besson, eigentlich fühlten Sie sich nach Valentines Anruf siegessicher und erschreckt zugleich. Siegessicher, weil Sie die Partie gewonnen hatten, weil ihr Anruf bewies, daß sie zu Verhandlungen bereit war. Erschreckt, weil Sie sie kannten und sich daher ausrechnen konnten, daß sie sich Ihr Schweigen nicht freudestrahlend erkaufte.

Sie witterten eine Falle. Dieses Treffen hier um Mitternacht verhieß Ihnen nichts Gutes. Sie gingen zurück ins Hotel und überlegten; dabei kam Ihnen der Anruf Henris, der schon einiges getrunken hatte, sehr gelegen.

Ich hatte mich heute abend mit ihm unterhalten, und das ging ihm im Kopf herum. Er hatte schon ziemlich viel getrunken und wollte Sie sehen, ich weiß eigentlich nicht warum, vielleicht wußte er es selber nicht so genau.

Also haben Sie ihn ausgeschickt, um das Terrain zu sondieren, und ihm gesagt, er solle sich genau um Mitternacht hier einfinden.

So war er es, der Valentine in die Falle ging.

Ich ziehe meinen Hut vor Ihnen, Madame. Der Mord an Rose war schon bewundernswert geplant, aber dieser war von einer geradezu teuflischen Gerissenheit!

Bis hin zu dem Trick mit dem Schalter, den Sie mir heute abend vorführten und der Sie entlastete, als Sie in Ihrer Erregung geschossen haben, ohne draußen Licht gemacht zu haben.

Nur ist Henri dabei umgekommen. Bruder und Schwester in der gleichen Woche!

Wissen Sie, was ich tun würde, wenn ich nicht bei der Polizei wäre? Ich würde Sie unter der Obhut des Inspektors hier lassen und ginge nach Yport, um die ganze Geschichte einem gewissen Trochu und seiner Frau zu erzählen. Ich würde ihnen sagen, wie und warum und aus welch schmutzigen Interessen sie zwei Kinder im besten Alter in wenigen Tagen verlieren mußten. Ich würde sie mitbringen, sie und die Schwestern und die Brüder Ihrer Opfer mit allen ihren Nachbarn und Freunden.«

Er sah, daß Théo leichenblaß wurde und die Hände auf den Armlehnen verkrampfte. Valentine sprang bestürzt auf:

»Sie haben nicht das Recht, das zu tun! Worauf warten Sie noch, um uns nach Le Havre mitzunehmen? Sie sind verpflichtet, uns zu verhaften, jedenfalls mich zu verhaften.«

»Gestehen Sie?«

»Ich gestehe nicht; aber Sie klagen mich an, und Sie haben kein Recht, mich hier zu lassen. Wer weiß, ob die Trochu nicht schon benachrichtigt wurden und auf dem Weg hierher sind?«

»Wir leben in einem zivilisierten Land, in dem jeder das Recht auf einen Prozeß hat.«

Sie horchte jetzt auf die Geräusche draußen und hätte sich aus einem Schutzbedürfnis heraus Maigret beinahe an die Brust geworfen, als sie das Geräusch eines Autos und darauf Schritte im Garten hörte. Sie war jetzt einem Nervenzusammenbruch nahe. Ihr Gesicht hatte seinen hübschen Ausdruck verloren, in ihren Augen stand die blanke Angst, ihre Fingernägel krallten sich in die Hände des Kommissars.

»Sie haben nicht das Recht! Sie haben nicht . . .«

Es waren nicht die Trochu, die noch von nichts wußten, sondern der Leichenwagen aus Le Havre sowie ein Polizeiauto mit Experten.

Eine halbe Stunde lang gehörte das Haus ihnen. Henris Leiche wurde auf einer Bahre hinausgetragen, während ein Fachmann Aufnahmen vom Tatort machte, um sein Gewissen zu beruhigen, auch von der Fensterscheibe, die die Kugel durchgeschlagen hatte.

»Gehen Sie und ziehen Sie sich an!«

»Und ich?« fragte Théo Besson feige, der nicht wußte, wie er sich drehen und wenden sollte.

»Ich glaube, Sie müssen versuchen, mit Ihrem Gewissen klarzukommen.«

Vor dem Haus hielt noch ein Auto, und Charles Besson stürzte ins Haus.

»Was ist passiert?«

»Ich hatte Sie früher hier erwartet«, entgegnete ihm Maigret trocken.

Als verstehe er nicht, was Maigret damit sagen wollte, entschuldigte sich der Abgeordnete:

»Mir ist unterwegs ein Reifen geplatzt.«

»Weshalb sind Sie gekommen?«

»Als Sie mir eben am Telefon von dem Ring erzählt haben ...«

»Ich weiß schon. Sie haben ihn nach der Beschreibung wiedererkannt.«

»Ich begriff, daß Théo recht hatte.«

»Weil Sie wußten, daß Théo Ihre Stiefmutter verdächtigte, noch in dem Besitz des Schmucks zu sein? Hatte er es Ihnen gesagt?«

Beide Brüder schauten sich feindselig an.

»Er hat es mir nicht gesagt, aber ich konnte es aus seinem Benehmen ablesen, als wir damals das Erbe aufteilten.«

»Kamen Sie her, um Ihren Teil abzuholen? Haben Sie die Beerdigung Ihrer Schwiegermutter Montet morgen früh vergessen?«

»Warum gehen Sie so hart mit mir ins Gericht? Ich weiß überhaupt nichts. Wen hat man da eben in dem Leichenwagen abtransportiert?«

»Sagen Sie mir zuerst, was Sie hier wollten!«

»Ich weiß es nicht. Als Sie mir von dem Ring erzählten, war mir klar, daß es eine häßliche Auseinandersetzung geben würde, daß Théo irgend etwas versuchen und Valentine es nicht mit sich machen lassen würde.«

»Nun! Es ist tatsächlich etwas passiert, aber Ihr älterer Bruder hat dafür gesorgt, daß nicht er, sondern jemand anders umgebracht wurde.«

»Wer?«

»Henri Trochu.«

»Wissen die Eltern es schon?«

»Noch nicht, und ich überlege mir, ob ich nicht Sie beauftragen sollte, ihnen die Nachricht zu überbringen. Schließlich sind Sie ihr Abgeordneter.«

»Nach diesem Skandal bin ich es wahrscheinlich nicht mehr lange. Und die Rose? Wer hat sie ...?«

»Haben Sie es noch nicht erraten?«

»Als Sie mir von dem Stein erzählten, dachte ich ...«

»An Ihre Stiefmutter! Genau sie. Erklären Sie das alles Ihren Wählern!«

»Aber ich habe doch nichts getan!«

Castaing schrieb schon lange nicht mehr mit, schaute Maigret an und hörte angestrengt auf Geräusche aus dem ersten Stock.

»Sind Sie fertig?« rief der Kommissar hinauf.

Und als sie nicht gleich antwortete, las er die Befürchtung auf dem Gesicht des Inspektors.

»Hab keine Angst! Diese Frauen tun sich nichts an. Sie wird sich bis zum bitteren Ende mit Händen und Füßen verteidigen und Mittel und Wege finden, die besten Anwälte für sich einzunehmen. Und sie weiß genau, daß die Köpfe alter Damen nicht rollen.«

Tatsächlich kam Valentine die Treppe herunter wie damals, als er sie zum ersten Mal gesehen hatte, wie eine kleine Gräfin, mit ihren tadellos frisierten Haaren, ihren großen hellen Augen, ihrem einwandfrei sitzenden Kleid und einem großen Diamanten auf dem Ausschnitt: natürlich eine Imitation.

»Legen Sie mir keine Handschellen an?«

»Ich glaube, das würde Ihnen gefallen, denn es sähe theatralischer aus, es gäbe Ihnen das Aussehen eines Opfers. Führ sie ab.«

»Sie begleiten uns nicht nach Le Havre?«

»Nein.«

»Fahren Sie nach Paris zurück?«

»Morgen früh, wenn ich den Schmuck geholt habe.«

»Schicken Sie den Bericht?«

»Du kannst ihn selber schreiben. Du kennst dich darin genau so gut aus wie ich.«

Castaing wußte nicht mehr so genau, woran er war.

»Und dieser da?«

Er wies auf Théo, der sich gerade eine Zigarette angezündet hatte und seinem Bruder aus dem Weg ging.

»Er hat kein Verbrechen begangen, das unter ein Gesetz fällt. Dazu ist er zu feige. Du wirst ihn immer finden, wenn du ihn brauchst.«

»Kann ich Etretat verlassen?« fragte Théo erleichtert.

»Wann immer Sie wollen.«

»Können Sie mich bis zum Hotel begleiten lassen, damit ich dort meinen Wagen und meine Sachen hole?«

Wie Valentine hatte er eine Heidenangst vor den Trochu. Maigret gab ihm einen der Inspektoren aus Le Havre als Schutz mit.

»Geh mit dem Herrn. Ich erlaube dir, ihm zum Abschied in den Hintern zu treten.«

Als sie La Bicoque verließ, drehte sich Valentine nach Maigret um und sagte rechthaberisch:

»Sie halten sich für sehr schlau, aber Sie haben nicht das letzte Wort.«

Als er auf seine Uhr schaute, war es halb vier morgens, und die Nebelsirene hörte man immer noch durch die Dunkelheit. Außer ihm war noch ein Inspektor aus Le Havre da, der gerade die Siegel an die Türen geklebt hatte, und Charles Besson, der nicht wußte, wohin er mit seinem massigen Körper sollte.

»Ich frage mich, warum Sie so böse zu mir waren, wo ich doch nichts getan habe.«

Das stimmte, und Maigret hatte beinahe Gewissensbisse.

»Ich schwöre Ihnen, daß ich mir nie im Traum vorstellen konnte, daß Valentine . . .«

»Wollen Sie mich begleiten?«

»Wohin?«

»Nach Yport.«

»Muß das sein?«

»Ich bräuchte dann kein Taxi zu bestellen, was zu dieser Stunde nicht einfach ist.«

Es tat ihm dann beinahe leid, denn Charles fuhr in seiner Nervosität beängstigend schnell.

Er hielt so weit weg wie nur möglich von dem kleinen Haus, das nur noch als Fleck im Nebel zu sehen war.

»Soll ich auf Sie warten?«

»Bitte.«

Besson hörte im Schutz des dunklen Autos, wie der Kommisar an die Tür klopfte und sagte:

»Ich bin's, Maigret.«

Charles sah, wie eine Lampe anging, die Tür sich öffnete und wieder schloß, und er biß mit den Zähnen die Spitze einer Zigarre ab.

Eine halbe Stunde verging, in der er mehr als einmal drauf und dran war, loszufahren. Dann ging die Tür wieder auf.

Drei Leute kamen langsam auf das Auto zu. Maigret öffnete die Wagentür und sagte mit leiser gedämpfter Stimme:

»Lassen Sie mich in Etretat aussteigen und fahren Sie beide nach Le Havre.«

Die Mutter, die noch den Schleier vom Beerdigungstag trug, schluchzte ab und zu in ihr Taschentuch.

Der Vater sprach kein Wort, und auch Maigret schwieg.

Als er in Etretat vor dem Hotel ausstieg, drehte er sich

um, wollte etwas sagen, brachte aber kein Wort heraus und zog nur langsam den Hut.

Er zog sich nicht aus und legte sich auch nicht schlafen. Um sieben Uhr morgens ließ er sich mit dem Taxi zur alten Mademoiselle Seuret fahren, das ihn dann am Bahnhof absetzte, rechtzeitig auf den 8-Uhr-Zug. Außer seinen Koffern trug er eine kleine Tasche aus Saffian in der Hand, dessen Schonbezug die gleiche hellblaue Farbe wie Valentines Augen hatte.

8. Dezember 1950

PRODUKTION
EDITO-SERVICE S.A., GENF

PRINTED IN ITALY